Arena-Taschenbuch
Band 50426

In derselben Reihe sind bisher erschienen:

Die Partyqueen (Band 50427)
Kussattacke (Band 50430)
Wer ist die Schönste? (Band 50431)
Es ist so schön, ein Biest zu sein! (Band 50432)
Partypanik (Band 50433)

Lisi Harrison
schrieb Kolumnen für Zeitschriften und entwickelte Shows für MTV. Seit 2004 ist sie ausschließlich als Autorin tätig. Sie lebt in Laguna Beach und liebt es, dass sie von ihrem Schreibtisch aus den Strand sehen kann.

Lisi Harrison

Die Glamour-Clique
Cinderellas Rache

Aus dem Amerikanischen
von Angelika Eisold-Viebig

Arena

Für Ken Gottlieb, Shalila Gottlieb und Kevin Harrison,
weil sie immer mit den richtigen Worten zur Stelle sind,
wenn ich mal stecken bleibe.

Dieses Werk erschien erstmals 2004 bei
Little, Brown and Company, New York,
unter dem Titel »The Clique«.

Published by Arrangement with
17th Street Productions/360 Youth LLC., New York
Dieses Werk wurde vermittelt durch die
Literarische Agentur Thomas Schlück GmbH, 30827 Garbsen.

FSC
www.fsc.org
MIX
Papier aus verantwortungsvollen Quellen
FSC® C022125

1. Auflage als Arena-Taschenbuch 2012

Aus dem Amerikanischen von Angelika Eisold-Viebig
Coverfoto: © Carolyn Veith Krienke
Umschlagtypografie: knaus. büro für konzeptionelle
und visuelle identitäten, Würzburg
Gesamtherstellung: Westermann Druck Zwickau GmbH
ISSN 0518-4002
ISBN 978-3-401-50426-1

www.arena-verlag.de
Mitreden unter forum.arena-verlag.de

BEI DEN BLOCKS

DIE KÜCHE

23 Uhr 49
31. August

Massie, du brauchst mich gar nicht so entsetzt anzuschauen«, sagte Massies Mutter, Kendra. »Es ist ganz einfach ... du gehst nicht mit.«

Massie Block spielte mit dem winzigen Glöckchen, das an ihrem goldenen Armband mit Glücksbringern hing. Mehr als dieses schwache Klimpern wollte sie nicht riskieren. Sonst würde ihre ewig höfliche Mutter sie mit dem Vorwurf nerven, Massie habe sie »unterbrochen«. Und das wollte Massie nicht. Sie wollte einfach nur als Siegerin aus dieser Auseinandersetzung hervorgehen.

»Aber ich habe mich bereits verabredet und es wäre unhöflich, das in letzter Minute abzusagen«, entgegnete Massie jetzt. »Oder etwa nicht? Ich meine, hast du mir nicht immer gesagt: ›Bereits getroffene Verabredungen muss man einhalten‹ ?« Sie setzte Anführungszeichen mit den Fingern, um ihre Mutter daran zu erinnern, wer diese heilige Familienregel aufgestellt hatte.

Massie blickte, um Unterstützung heischend, zu ihrem Vater William, doch der trank nur seinen Tee und las weiter in der Zeitung.

»Ich habe dir diesen Besuch schon vor Wochen angekündigt.« Kendra sprach sehr langsam und betonte jedes Wort, so wie sie es manchmal mit Inez, ihrer Haushälterin, tat. »Dein Vater ist mit Mr Lyons seit dem College gut befreundet. Die Familie zieht nun aus Florida nach Westchester, damit Mr Lyons für deinen Vater arbeiten kann. Solange sie noch nach einem eigenen Haus suchen, werden sie in unserem Gästehaus wohnen. Deshalb ist es unerlässlich, dass du als unsere Tochter hier bist, um sie zu begrüßen.«

»Warum?« Massie kniff die Augen zusammen. »Es sind doch Dads Schnorrer-Freunde, nicht meine.«

Kendra warf ihrem Mann einen verzweifelten Blick zu. Doch William konzentrierte sich weiter auf seine Zeitung.

»Tja, sie werden bald auch deine Freunde sein«, sagte Kendra. »Wenn am Dienstag die Schule anfängt, kommt Claire wie du in die siebte Klasse, also werdet ihr genug zum Reden haben.«

»Ach ja? Worüber denn? Mathe vielleicht?«, gab Massie bissig zurück.

»Du kannst sie ja auch einladen, dich zu deiner Verabredung zu begleiten«, schlug Kendra vor. »Dann versäumst du nichts.«

»Unmöglich.« Massie schüttelte nachdrücklich den Kopf. »Wir haben diesen Termin schon seit Wochen. Wir können nicht in letzter Minute beim Spa anrufen und noch jemand anmelden.« Massie sah weg. »Nicht dass wir das überhaupt wollten«, fügte sie kaum hörbar hinzu.

»Dann ist alles geklärt«, stellte Kendra fest. »Inez wird den Brunch morgen für Viertel nach eins im Wohnzimmer richten. Sei bitte pünktlich.«

Massie drehte sich um und stapfte aus der Küche. Ihr schwarzer Mops namens Bean versuchte mit ihr Schritt zu halten, ohne in Trittweite ihrer tödlichen sechs Zentimeter hohen Absätze zu kommen. Als Massie die Treppe erreicht hatte, beugte sie sich nach unten und nahm den Welpen mit einer Hand auf.

Normalerweise zog sie die hochhackigen Schuhe aus, bevor sie die Treppe hinaufstieg, aus Rücksicht auf die »empfindliche Politur des Holzes«. Aber angesichts der momentanen Umstände beschloss sie die Schuhe anzulassen. Jeder Kratzer auf dem Holz war eine Strafe für ihre Mutter. Warum musste Kendra auch unbedingt die Pläne von Massie und ihren Freundinnen für den Labor Day zerstören?

Nachdem Massie im ersten Stock angekommen war, schleuderte sie ihre Schuhe von sich und ging über den weichen Teppich geradewegs in ihr Zimmer. Wütend schlug sie die Tür hinter sich zu.

»Und du sollst nicht mit den Türen schlagen!«, kam Kendras Stimme über die Sprechanlage. Massie sah zu dem weißen Lautsprecher neben dem Bett und verdrehte die Augen. Alles in ihrem Zimmer war weiß: das Ledersofa vor dem Erkerfenster, der Schaffellteppich, die Wände, das Dutzend frischer Tulpen und ihr Flachbildschirm-Mac. Ihre Freundinnen nannten ihn scherzhaft iPad. Nachdem Massie einmal in der Präsidentensuite im Mondrian in Los Angeles übernachten konnte, hatte sie ihr Zimmer nach diesem Vorbild entworfen. Der einzige Farbtupfer in dem riesigen Hotelzimmer war ein dekorativer grüner Apfel in der Mitte des weißen Marmortisches gewesen. Massie hatte es immer toll gefunden, wie klar und geordnet so alles aussah.

Doch jetzt hatte sie in einer britischen Klatschzeitschrift gelesen, dass Purpurrot die offizielle königliche Farbe war, was die brandneue mauvefarbene Calvin-Bettwäsche auf ihrem Bett erklärte. Sie hatte gehofft während ihres Einkaufsbummels am Labor Day mehr Dinge in der »königlichen Farbe« kaufen zu können, aber das konnte sie sich nun wohl abschminken.

Massie hob ihre Hundedame in die Luft, damit sie ihr in die Augen sehen konnte. »Bean, sag mir bitte, dass das alles nicht wahr ist.«

Bean blinzelte.

»Morgen zu fehlen könnte meine soziale Stellung für den Rest des Jahres ins Wanken bringen«, erklärte Massie.

Bean leckte an Massies dünnem Handgelenk. Der Mops liebte den Geschmack von Chanel No. 19.

»Alle werden neue Insiderwitze haben, die ich nicht kenne. Ich werde blöd grinsen müssen, während alle lachen und sagen: ›Oh, du hättest dabei sein sollen.‹« Massie schüttelte heftig den Kopf, als sei ihr Verstand ein Superradierer, der unerwünschte Gedanken ausradieren konnte.

»Und natürlich wird Dylan den YSL-Lipmarker kaufen, auf den ich in *Lucky* einen Ja-Sticker geklebt habe«, seufzte sie. »Und willst du auch wissen, warum das alles passiert?« Massie wartete nicht auf Beans Antwort. »Damit ich irgend so ein Mädchen aus Orlando treffen kann, das ein Jahr hier wohnen wird. Ich meine, wozu die Eile? Sie wird schließlich nicht gleich wieder verschwinden.« Massie machte eine

Pause und suchte nach einer einleuchtenden Erklärung. »Außer natürlich, wenn sie eine lebensgefährliche Krankheit hat.«
Bean jaulte.
»Und wenn sie die hat . . .« Massie stieß einen weiteren schweren Seufzer aus. »Warum sollte ich mich dann womöglich bei ihr anstecken?«
Massie zerriss die Liste, die sie für ihre Freundinnen gemacht hatte. Auf ihr stand alles genau aufgeführt, was sie als Beauty-Programm geplant hatten. Massie stellte sich vor ihren Papierkorb und ließ die Papierschnipsel wie Schneeflocken durch ihre Finger rieseln. Worte wie Bräunungsspray, Augenbrauen wachsen, Aroma . . . (-Therapie war weggerissen worden) und Bergdorf's waren immer noch zu lesen.
Massie ließ sich auf ihr Bett fallen und streckte den Arm aus. Sie nahm ihr Handy vom Nachttisch und drückte »1« auf ihrer Kurzwahltastatur. Das Mädchen, das sie angewählt hatte, meldete sich nach dem ersten Klingeln.
»Heyyy.« Das war Alicia.
»Bleib dran, ich rufe noch Dylan an«, sagte Massie.
»'kay.«
Massie drückte »2« und Senden.
»Dyl?«
»Ja.«
»Bleib dran, ich rufe noch Kristen an.«
Massie drückte »3«.
»Hallo Mass«, sagte Kristen.
»Hallo! Alicia und Dylan sind auch da«, sagte Massie.
»Was ist los?«, fragte Kristen. Sie klang nervös, als bekäme sie gleich die Schuld für irgendetwas zugewiesen, was sie nicht getan hatte.

»Ich kann morgen nicht mitkommen«, stieß Massie hervor.
»Ja, klar«, schnaubte Dylan ungläubig.
»Nein, es ist mein Ernst. Ihr werdet es nicht glauben, aber ich ...«, Massie machte eine Pause und überlegte ihre nächsten Worte, »... ich habe die Grippe.« Was sich dann so anhörte wie »IchabieGribbe«.
»Mein Goooott, du klingst ja furchtbar«, rief Kristen entsetzt.
»Ja, vielleicht sollten wir auch nicht gehen«, schlug Dylan vor. »Wir könnten stattdessen zu dir kommen und uns um dich kümmern.«
»Was? Nicht gehen?«, entfuhr es Alicia. »Ich meine ... Massie, was genau fehlt dir denn? Vielleicht können wir dir helfen.«
»Fieber. Kopfschmerzen. Vertopfte Nathe, ihr witzt son.« Massie schniefte und räusperte sich noch einmal, um richtig bemitleidenswert zu wirken.
»Dylan hat Recht. Wir lassen es ausfallen«, meinte Kristen. »Es wäre nicht das Gleiche ohne dich. Wer soll mir die Hand halten, wenn ich mir die Augenbrauen wachsen lasse?«
»Und wer wird mir sagen, ob ich fett aussehe, wenn ich Klamotten anprobiere?«, fragte Dylan.
»Der Spiegel«, antwortete Alicia.
Kristen ließ ihr berühmt-berüchtigtes heiseres Kichern hören.
»Massie, bitte lass mich nicht allein mit ihnen«, witzelte Dylan.
Massie lächelte erleichtert. Sie wollten sie dabeihaben. Sie brauchten sie. Und wie immer war das alles, worauf es an-

kam. Aber Massie war auch klar, wie schnell sie ihre Meinung ändern konnten.

»Nein, nein. Ihr geht natürlich. Aber ich will alles hören, was passiert ist.« Massie vergaß für einen Moment ihre kranke Stimme. »Jede Kleinigkeit.«

BEI DEN BLOCKS
OBERER TREPPENABSATZ

13 Uhr 10
1. September

Unglücklicherweise kam die Familie Lyons pünktlich an. Als es an der Tür klingelte, kauerte Massie hinter dem Treppengeländer im ersten Stock und beobachtete alles. Ihre Eltern standen vor Claire, der Tochter der Lyons.

»Claire! Was für eine Schönheit du geworden bist!« William Block drehte sich zu seiner Frau. »Kendra, wem sieht sie gleich noch ähnlich?«

Massie beugte sich nach vorne, um besser sehen zu können, aber ihre Eltern gingen mit den Gästen bereits in Richtung Esszimmer.

»Gwyneth Paltrow!«, erklärte Kendra. Massie fand, ihre Mutter klang wie eine übereifrige Kandidatin bei einem Ratequiz.

»Wo ist denn eure hübsche Tochter?«, war eine Männerstimme zu vernehmen. Massie nahm an, es war Mr Lyons.

»Gute Frage«, sagte Massies Mutter.

Massie stand auf und schlich auf Zehenspitzen in ihr Badezimmer, um einen letzten Blick auf ihr »Erster-Eindruck-Outfit« zu werfen. Sie hatte keineswegs vor sich mit Claire anzufreunden, aber das Mädchen sollte natürlich trotzdem wissen, was ihm entging. Massie überprüfte an der Rückseite ihrer Satin-Cargohose, ob sich auch der Slip nicht abzeichnete. Dann betrachtete sie ihren weißen Hermès-Schal (den sie natürlich als Gürtel trug), um sicherzugehen, dass der Knoten auch flach auf ihrer Hüfte saß. Ihr weißes Tanktop aus Kaschmir war frei von jeglichen Hundehaaren und ihre bernsteinfarbenen Augen funkelten. Niemand hätte ahnen können, dass sie sich am Vorabend in den Schlaf geweint hatte.

»Massie, die Lyons sind hier«, verkündete ihre Mutter über die Sprechanlage.

»'kay«, antwortete Massie in die Sprechanlage. Sie fuhr mit einem farblosen Lipgloss über ihren Mund, warf sich das Haar mit einer routinierten Kopfbewegung über die Schultern und ging nach unten ins Esszimmer.

»Da ist sie ja!« Judi Lyons strahlte übers ganze Gesicht, sodass ihre pausbäckigen Wangen beinahe ihre Augen berührten.

»Massie!« Jay Lyons streckte die Arme aus, um sie an sich zu drücken. Massie sah ihn ausdruckslos an.

»Hallo«, grüßte Massie. Sie hob die rechte Hand und winkte gnädig – wie eine Königin.

William ging um den langen Eichentisch und legte den Arm um seine Tochter.

»Massie, Jay ist mein ältester Freund«, sagte William.

»Warte mal, lass uns nicht das Alter ins Spiel bringen«, witzelte Jay.

Alle lachten, außer Massie, die Claire einen Blick zuwarf und dann schnell wieder wegsah. Trotz der sehr kurzen Musterung hatte Massie es geschafft, einen Overall auszumachen, weiße Turnschuhe und glattes blondes Haar mit einem Pony. Claire sah eindeutig wie ein Babygesicht aus.

Massie schaute an Claire vorbei und entdeckte Todd,

Claires zehnjährigen Bruder, der gerade seine plumpen Finger in Beans Ohren steckte.
»Das ist mein Hund, kein Baseballhandschuh«, fuhr Massie ihn an.
»Todd, lass die Ohren des armen Hundes in Ruhe.« Jay grinste.
»Tut mir Leid wegen meines Bruders«, sagte Claire mit freundlicher Stimme. »Ich bin Claire, die Normale in der Familie.« Sie streckte ihre Hand aus. Massie packte sie so fest, dass Claire verlegen kicherte und vergeblich versuchte sich durch Drehen und Winden aus dem Griff zu lösen.
Claires Arm war von einer Unmenge von Armbändern bedeckt, offensichtlich alle selbst gemacht. Manche waren aus farbigen Perlen, andere aus geflochtenen Schnüren.
»Alles in Ordnung mit dir?«, fragte Massie. Sie hob die Augenbrauen und legte den Kopf zur Seite, als hätte sie keine Ahnung, warum Claire so herumhüpfte.
Kendra klatschte in die Hände. »Also gut. Lasst uns doch alle schon mal Platz nehmen«, schlug sie vor. »Jay und Judi können dort drüben links von William sitzen.« Kendra deutete in die angegebene Richtung. Massie bemerkte, dass die Diamanten an den Ringen ihrer Mutter nach innen gedreht waren, was bedeutete, dass die Lyons nicht so viel Geld hatten. Kendra tat das immer, wenn sie nicht wollte, dass die »weniger Glücklichen« sich unwohl fühlten.
»Massie, setz du dich dort neben Claire«, ordnete Kendra an.
Massie setzte sich, ohne irgendjemand direkt anzusehen. Sie hätte ihrer Mutter am liebsten ins Gesicht gesagt, wo sie ihrer Meinung nach mitsamt den Gästen hinverschwinden konnte. Sobald das Essen serviert war und damit alle abgelenkt wa-

ren, zog Massie ihr Handy heraus und hielt es unter den Tisch. Sie saß aufrecht da, während ihre Daumen eine SMS tippten.

MASSIE: SEID IHR DA?
ALICIA: JA
MASSIE: WAS GEHT?
ALICIA: K WEINT. WILL SICH VON SVETLANA NICHT IHRE ANDERE BRAUE WACHSEN LASSEN
MASSIE: SOLL ICH MIT IHR REDEN?

Massie schob mit ihrer Gabel einen gefüllten Austernpilz auf ihrem Teller herum, während sie auf Alicias Antwort wartete.

ALICIA: G2G. GUTE BESSERUNG!

Massies Herz begann schneller zu schlagen. Sie konnte es sich ganz genau vorstellen: alle in Svetlanas winziger Enthaarungskabine, wie sie um Kristen herumstanden, hysterisch lachten und versuchten sie davon zu überzeugen, dass sie nicht mit ungleichen Brauen gehen konnte.
Insiderwitz Nummer eins.
Massie beschloss trotzdem noch eine SMS an Kristen zu schicken. Sie wollte diejenige sein, die Kristen überredete den Schmerz durchzustehen, damit Svetlana ihre Arbeit beenden konnte.

MASSIE: HALT DURCH. WER SCHÖN SEIN WILL . . . ☺

Sie blickte für den Bruchteil einer Sekunde nach unten, um

sicherzugehen, dass sie das Smiley-Icon am richtigen Ort hatte, bevor sie auf Senden drückte.

»Massie, kein Telefon bei Tisch«, mahnte Kendra.

»Entschuldigung.«

»Warum gehst du denn nicht mit Claire nach oben und zeigst ihr dein Zimmer?«, schlug Kendra vor.

»'kay.« Massie warf noch einen Blick auf ihr Handy, aber Kristen war anscheinend zu beschäftigt, als dass sie eine Antwort hätte tippen können. Massie seufzte und biss sich auf die Lippen.

BEI DEN BLOCKS
MASSIES ZIMMER

14 Uhr 25
1. September

»Ich habe gehört, West Chester ist praktisch das Beverly Hills von New York«, sagte Claire. Sie stand vor dem Erkerfenster in Massies Zimmer und blickte hinunter auf die Tennisplätze, den Swimmingpool und das Gästehaus. Sie bemühte sich sehr, entspannt zu klingen, aber in Wirklichkeit war sie nie zuvor in einem so großen Privathaus gewesen.

»Was ist West Chester?«, fragte Massie. Sie klang völlig verwirrt. »Oh, warte, meinst du Westchester?«

»Ja, habe ich das nicht gesagt?« Claire drehte sich vom Fenster weg und schaute zurück zu Massie. Sie spielte dabei mit ihren Armbändern.

»Ich kann nicht glauben, dass du die im Kindergarten gemacht hast und sie dir immer noch passen«, bemerkte Massie schnippisch. »Du musst superwinzige Handgelenke haben.«

»Die habe ich nicht im Kindergarten gemacht.« Claires Stimme war freundlich und verständnisvoll. Sie wollte nicht, dass Massie sich dumm vorkam, weil sie so offensichtlich lächerliche Vermutungen angestellt hatte. »Meine besten Freundinnen haben die für mich gemacht, als ich aus Florida weggezogen bin.« Claire sah stolz aus. »Die hier haben sie mir auch geschenkt, damit ich ihnen Bilder von meiner neuen Schule schicken kann.« Claire zog eine winzige silberne Digitalkamera aus der Brusttasche ihres Overalls. »Und natürlich auch von meinen neuen Freundinnen«, fügte sie hinzu. Sie richtete die Linse auf Massie und machte ein Foto. Massie bewegte sich hektisch. Claire überprüfte das Bild, um zu sehen, ob es was geworden war.

»Oh, es ist ganz verschwommen«, stellte sie enttäuscht fest.

»Das wundert mich gar nicht«, meinte Massie. »Diese Kameras sind ziemlicher Schund.«

»Hey, woher hast du denn die coole Schaufensterpuppe?« Claire deutete auf die kopflose Metallpuppe neben Massies Schrank.

»Ich bekomme jedes Jahr zum Geburtstag eine neue.« Jetzt klang Massie stolz.

»Wieso denn jedes Jahr?«, fragte Claire.

»Na, weil ich wachse.« Massie verdrehte leicht die Augen.

»Denkst du nie, dass sie um Mitternacht zum Leben erwacht und versucht dich zu ermorden?« Claire bemühte sich ihrer Stimme einen unheimlichen Ton zu verleihen.

»Nie«, antwortete Massie kühl.

Claire sah sich schnell nach etwas Neuem um, worüber sie reden konnten, und ging zu der Pinnwand, die über Massies Schreibtisch hing.

»Wer sind die denn?« Claire bemerkte, dass die Mädchen auf den Fotos um einiges älter und schicker aussahen als ihre eigenen Freundinnen in Florida, wie richtige Glamour-Girls.

»Das sind meine besten Freundinnen auf der ganzen Welt«, erklärte Massie. »Wir sind schon lange eine Clique.«

»Ist die hier ein Model?« Claire deutete auf ein sexy ausse-

hendes Mädchen mit unglaublich glänzendem dunklem Haar.
»Nicht dass ich wüsste«, antwortete Massie gelangweilt. »Das ist Alicia.«
Claire betrachtete Fotos von den vier Mädchen, wie sie kreischend Achterbahn fuhren, winkend auf Schlafsäcken lagen und als revolverschwingende Cowgirls verkleidet waren. Die Cowgirl-Fotos stammten wahrscheinlich von Halloween, denn jedes Mädchen hatte eine Spur unechtes Blut am Mundwinkel und selbst Bean trug einen Cowboyhut und einen Sheriffstern. Beim Foto der Mädchen, auf dem sie mit Santa Claus in der Mall posieren, musste Claire laut auflachen.
»Ich kann nicht glauben, dass du das mit Santa gemacht hast«, sagte Claire. Sie bezog sich auf die Hasenohren, die Massie mit zwei Fingern hinter seinem Kopf zeigte.
Massie antwortete nicht. Sie war damit beschäftigt, auf ihrem Handy nachzusehen, ob sie Nachrichten erhalten hatte.
»Sieht so aus, als hättet ihr jede Menge Spaß zusammen«, stellte Claire fest. »Ich kann es kaum erwarten, alle kennen zu lernen.«
Massie hob die Augenbrauen, als ob sie über den Rand einer Sonnenbrille hinwegsähe.
»Bestimmt wirst du auch eine Menge anderer Leute treffen, mit denen du lieber rumhängen willst.«
»Kann ich mir nicht vorstellen«, antwortete Claire.
»Du solltest es auf jeden Fall versuchen«, riet ihr Massie. »Meine Freundinnen und ich, wir haben unser eigenes Ding laufen und du wirst dich wahrscheinlich nur komisch fühlen, wenn du versuchst da reinzupassen. Du weißt schon, weil wir uns bereits so lange kennen.«

»Ich komme schon klar.« Claire lächelte gezwungen. Massie achtete gar nicht mehr auf sie.
Das Telefon an ihrem Bett klingelte und sie rannte darauf zu, als ob sie einen wichtigen Anruf erwartete.
»Oh Mann, was ist denn los, Mom?« Massie klang verärgert.
Claire nutzte die Zeit, um sich weiter in Massies Zimmer umzusehen.
Ihre Regale waren mit Siegestrophäen und Schleifen von Reitturnieren gefüllt. Mittendrin lag ein samtüberzogener Reithelm in Kindergröße und daneben stand das gerahmte Bild eines weißen Ponys.
Das Hundekörbchen auf dem Boden war eine genaue Abbildung von Massies Bett.
Massie knallte das schnurlose Telefon auf ihren Nachttisch.
»Komm mit, ich soll dir das Gästehaus zeigen«, sagte sie gereizt.
»Schon in Ordnung, ich kann es von hier aus sehen.« Claire deutete aus dem Fenster. »Du musst mich nicht hinbringen.«
Massie zeigte aufs Telefon. »Muss ich doch.«
Massie schob eine ihrer Schranktüren auf und Claire sah mindestens fünfzig Paar Schuhe darin aufgereiht. Massie tippte nachdenklich mit dem Zeigefinger gegen ihre Unterlippe und musterte die Auswahl. Sie wählte ein Paar orangefarbener Prada-Flipflops mit dicken Sohlen und schlüpfte hinein.
»Warum wechselst du denn die Schuhe?«, fragte Claire, während sie an ihrem rosa Nagellack kratzte. »Gehen wir nicht einfach nur in den Garten?«
»Ja, aber meine Absätze würden im Gras stecken bleiben

und dadurch völlig ruiniert werden.« Massie blickte auf Claires Füße. »Ich würde dir ja ein Paar Flipflops anbieten, aber dir ist es sicher egal, ob die da ein wenig schmutzig werden, oder?« Massie deutete auf Claires Turnschuhe.

Claire wusste nicht, was sie antworten sollte.

»Dachte ich's mir doch.« Massies Schlappen klatschten gegen ihre Fersen, während sie das Licht ausmachte und ihr Zimmer verließ.

Claire hatte ein Stück rosa Nagellack abgeschabt und sah, wie es auf Massies weißem Teppich landete. Normalerweise hätte sie sich gebückt, um es aufzuheben, aber sie beschloss, es da zu lassen. Ihrer Meinung nach konnte der Raum ein klein wenig Farbe vertragen.

BEI DEN BLOCKS
DIE EINFAHRT

16 Uhr 15
1. September

Eine Stunde später saß Massie neben Isaac, dem Fahrer ihrer Familie, auf dem weichen ledernen Beifahrersitz des Range Rover. Sie waren auf dem Weg nach Galwaugh Farms, wo Massie bei einem schönen langen Ritt auf ihrem Pferd Brownie die Begegnung mit den Lyons abschütteln wollte.

Zum ersten Mal an diesem Tag entspannte sich Massie und summte die Songs ihres »Cheesy Pop«-Mix mit. Die Fenster waren offen und der Fahrtwind fühlte sich gut auf ihrem Gesicht an.

»Ich fasse es einfach nicht, dass diese Familie Daddy so ausnützt«, sagte Massie.

»Was meinst du damit?«, fragte Isaac.

»Warum können sie sich nicht selbst eine Unterkunft besorgen? Bestimmt gibt es hier irgendwo auch eine Jugendherberge«, erklärte sie.

Isaac sah Massie mit einem seiner Das-hast-du-doch-wohl-nicht-ernst-gemeint-Blicke an und drückte die »Cheesy Pop«-CD aus der Stereoanlage. Wie Massie wusste, bedeutete das, dass er etwas Wichtiges sagen wollte.

»Ich finde es sehr nett von deinen Eltern, dass sie ihren alten Freunden aushelfen. Und es ist ja nicht für immer«, erklärte er. »Sie bleiben nur, bis Mr Lyons selbst ein Haus findet.«

»Was ist so schwer daran, ein Haus zu kaufen?«, wollte Massie wissen. »Sind sie arm?« Sie sprach »arm« genau so aus wie ihre Mutter »fett« auszusprechen pflegte.
»Nein«, sagte Isaac. »Aber nicht alle können sich immer alles leisten, was sie möchten, und auch nicht immer genau dann, wenn sie es möchten.«
Massie wollte wieder Musik hören. Sie schob die CD zurück in die Anlage, aber Isaac drückte sofort erneut auf Eject.
»Claire scheint sehr nett zu sein«, meinte er. »Findest du nicht auch?«
»Wenn ich jemand Nettes bräuchte, der mir den ganzen Tag in der Schule hinterherdackelt, würde ich Bean mitnehmen«, entgegnete sie bissig.
»Sei nicht gemein, Massie.« Isaacs Stimme hatte einen warnenden Unterton.
Massie runzelte die Stirn und drehte sich für den Rest der Fahrt von Isaac weg.
In dem Augenblick, in dem der vertraute Geruch nach Heu und Pferden das Auto erfüllte, merkte Massie, wie ihre Laune stieg. Sie lächelte vor sich hin, als sie vor den Ställen anhielten.
»Danke fürs Fahren, Isaac. Bis in einer Stunde dann.« Massie schlug die Tür zu und rannte zu den Ställen, um ihr weißes Pony Brownie zu begrüßen.
»Brownie, ich habe eine Überraschung für dich!« Massie schwenkte eine Plastiktüte voller Karotten vor dem Pony hin und her wie ein Hypnotiseur. »Ich habe sie gewaschen, geschält und in verschiedene Formen geschnitten.« Massie hielt einen orangefarbenen Stern hoch, bevor sie das Pony damit fütterte.

»Siehst du?«
Brownie leckte mit seiner dunklen Zunge über ihre Hand und Massie umarmte ihn.
Sie hatte Brownie zu ihrem fünften Geburtstag bekommen und zusammen hatten sie elf Schleifen gewonnen – acht im Springen, zwei im Traben und eines für die schönste Mähne.
Massie wartete, bis Brownie den letzten Stern verzehrt hatte, dann sattelte sie ihn rasch, schob ihren Fuß durch den mit Strasssteinen verzierten Steigbügel und schwang sich hoch.
Sie brauchte ihre Hermès-Reitgerte gar nicht einzusetzen, auf einen leichten Beindruck hin begann Brownie bereits den markierten Weg entlangzulaufen. Saftiges Gras umgab den staubigen Pfad und in nicht allzu weiter Ferne schimmerte Hunter Lake. Massie atmete tief ein. Die Luft roch sauber und es war ganz ruhig – als gäbe es meilenweit keine andere Menschenseele.
Nach einem weiteren Schenkeldruck fiel Brownie in einen leichten Trab. Massie konnte spüren, wie der sich neuerdings entwickelnde Inhalt ihrer A-Körbchen mit ihr auf und ab hüpfte. Sie liebte es, an ihren Busen erinnert zu werden.
»Brownie, hab ich dir schon erzählt, dass ich die siebte Klasse als BH-Trägerin beginnen werde?«, fragte sie.
Es war ihr egal, dass Brownie keine Ahnung hatte, wovon sie sprach. Er war ein guter Zuhörer, besser als ihre Freundinnen und fast so gut wie Bean.
»Das ist noch etwas, wobei Claire nicht mithalten kann – egal, wie sehr meine Mutter sich einmischt«, sagte sie. »Claire ist noch flacher als Kristen.«
Massies einseitige Unterhaltung mit Brownie wurde abrupt

unterbrochen. Es war die Stimme eines fremden jungen Mannes, der etwas rief, was Massie nicht verstehen konnte.
»Ich sagte links!«, wiederholte er nun.
Massie drehte den Kopf und schrie auf, als sie sah, wie nahe er bereits war. Sie befürchtete gleich vom Weg gedrängt und in den Graben gestoßen zu werden, der entlang dem Reitweg verlief. Wenn sie bei dieser Geschwindigkeit darin landete, konnte aus dem Graben auch ihr Grab werden.
Der Reiter überholte sie mit seinem schwarzen Pferd und das Donnern der Hufe übertönte Massies Schreie. Brownie erschrak so sehr, dass er scheute und Massie fast abgeworfen hätte. Massie hielt die Zügel fest, bis ihr Pferd wieder auf allen vieren stand und sich beruhigt hatte.
»Oh mein Gott«, stieß sie hervor, sobald sie sich wieder gefangen hatte. »Brownie, alles in Ordnung mit dir?«
Sie merkte, wie das Pony unter ihr zitterte. Eine Staubwolke bildete sich hinter dem geheimnisvollen Fremden und seinem Pferd, die sich immer weiter entfernten.
»'tschuldigung?« Massie versuchte zu schreien, doch es kam mehr wie eine bescheidene Frage heraus.
Sie probierte es erneut, dieses Mal erfolgreich: »HEY, BRAVEHEART?«
Aber inzwischen war der Reiter außer Hörweite und kaum mehr richtig zu erkennen.
»Wir haben all diese Schleifen doch nicht umsonst gewonnen, oder, Brownie?« Massie trieb Brownie an und er galoppierte los. Sie sah den Fremden auf den See zureiten und beschloss die Abkürzung durch den Wald zu nehmen. So konnte sie zumindest gleichzeitig am See ankommen.
»Niemand kann uns Angst einjagen, stimmt's Brownie?«, sagte sie energisch und los ging es.

Das Haar wehte ihr ins Gesicht und blieb an ihrem Lipgloss kleben, doch sie machte sich nicht die Mühe, es wegzustreichen. Brownie sprang über abgebrochene Baumstämme und galoppierte durch Bäche, die in den See flossen. Sie waren so schnell, dass Brownie bereits aus dem See trank, als der Fremde auftauchte. Selbst auf diese Entfernung merkte Massie, wie verblüfft er war, dass sie ihn eingeholt hatte. Er ließ die Zügel fallen und hob die Hände über den Kopf wie ein Verbrecher, der sich ergibt.

Massies Herz schlug mit einem Mal heftig.

»Brownie, was ist, wenn dieser Typ ein zahnloser Verbrecher auf der Flucht ist?«, flüsterte sie, während sie den Fremden nicht aus den Augen ließ. Sie griff nach ihrem Handy, nur für den Fall, dass sie einen Notruf losschicken musste.

Braveheart kam jetzt näher. Er hatte zerzaustes blondes Haar und gebräunte, muskulöse Arme. Die Art von Muskeln, die man von echter körperlicher Arbeit bekommt, nicht vom Sportstudio. Als er nahe genug war, konnte Massie erkennen, dass seine Augen von einem dunklen Blau waren. Er war der süßeste zahnlose Verbrecher auf der Flucht, den sie je gesehen hatte, auch wenn er schmutzige Levis und ein verknittertes weißes T-Shirt trug. Schnell zog sie die vom Wind verwehten Haare aus ihrem Lipgloss.

»Du befindest dich auf einem Privatweg«, erklärte Massie in ihrer besten Sheriffstimme.

»Komisch, er kommt mir gar nicht so privat vor«, antwortete er.

»Er wäre es aber, wenn du verschwinden würdest.«

Massie war vorübergehend geblendet von seinem Zahnpastalächeln und wünschte sofort, sie könnte ihre Worte zu-

rücknehmen. Besonders, als ihr einfiel, wie toll sie zusammen beim Schultanz zum Octavian Country Day im Herbst aussehen würden.
»Behandelt man so einen Mann, der gerade zurück in die Stadt gekommen ist?«, scherzte er.
»Wofür warst du denn im Gefängnis?«, fragte Massie.
»Rücksichtsloses Reiten.« Er lächelte wieder. »Ehrlich gesagt, ich war auf ein Internat in London verbannt. Aber mein Dad hat mich gezwungen heimzukommen, als er herausfand, dass ich zu viele Partys feierte.« Er zuckte mit den Schultern. »Vermutlich hofft er, dass ich mich dieses Jahr in Briarwood tödlich langweilen werde.«
Massie hätte ihn am liebsten gefragt, warum er überhaupt weggeschickt worden war, doch sie wollte nicht zu interessiert klingen.
Sie ärgerte sich nur, dass sie nicht ihre neue braune Hose angezogen hatte. Einmal hatte sie in *Teen Vogue* gelesen: »Versuche immer so gut wie möglich auszusehen, denn du weißt nie, wem du zufällig begegnest.«
Teen Vogue eins, Massie null.
Sie beugte sich vor und strich liebevoll über die Mähne seines rabenschwarzen Pferdes.
»Sie heißt Tricky«, erklärte er. »Ich erzähle ihr alles.«
»Du sprichst mit deinem Pferd?«, fragte Massie. »Findest du das nicht ein wenig merkwürdig?«
»Ganz und gar nicht. Ich bin übrigens Chris Abeley.« Er hob die Hand wie ein Indianer und lächelte wie ein Cowboy.
»Ich bin Massie Block.« Massie strich eine Strähne ihres schimmernden braunen Haares hinter ihr Ohr und erwiderte das Lächeln.

»Nett, dich kennen zu lernen, Massie. Tja, ich verabschiede mich jetzt mal, damit du deinen Weg wieder ganz privat für dich hast«, kündigte Chris an.

»Schon in Ordnung. Du kannst bleiben ... wenn du willst.« Massie gab ihr Bestes, um nicht zu eifrig zu wirken.

»Und riskieren, dass du mich wieder verfolgst? Auf keinen Fall. Ich werde nächsten Samstag wieder reiten, wenn dieser Weg für die Öffentlichkeit freigegeben ist. Vielleicht sehen wir uns dann wieder?« Chris zwinkerte ihr zu.

»'kay« war alles, was Massie herausbrachte.

»Dann also abgemacht?«, fragte er. Massie spürte ein Kribbeln im Bauch. Doch Chris ritt davon, noch bevor sie die Chance hatte, zu antworten.

BEI DEN BLOCKS
MASSIES ZIMMER

21 Uhr 40
1. September

Es war fast Zeit zum Schlafengehen.

Massie saß in Shorts und einem Tanktop aus Baumwolle auf ihrem weißen Sofa. Eine Duftkerze verströmte angenehmen Vanillegeruch. Sie bürstete Bean, der sich zu einem winzigen schwarzen Ball neben ihr zusammengerollt hatte. Als sie ein Klopfen an der Tür hörte, stellte sie den Fernseher leiser.

»Können wir hereinkommen?«, fragte William.

»Klar«, antwortete Massie.

Ihre Eltern traten ein und setzten sich aufs Bett.

»Bist du bereit für den Schulanfang morgen?«, fragte William.

Massie deutete auf das Outfit an ihrer Schaufensterpuppe. »Yup.«

Daran befanden sich ein lavendelfarbener Moschino-Minirock, ein graues T-Shirt mit gewagtem Ausschnitt und silberne Jimmy-Choo-Sandalen. Auch wenn es laut Wettervorhersage morgen 25 Grad warm werden sollte, ihr Denim-Blazer war ein Muss. Er verlieh dem Outfit den letzten Schliff.

»Hattest du noch einen schönen Tag?«, fragte Kendra.

»Ja, bestens.«

»Gut.« Kendra klang erfreut. »Isaac wird um 7 Uhr 45 am

Auto warten, um dich zur Schule zu bringen. Also wecke ich dich um sieben, okay?«

»'kay«, stimmte Massie zu. Sie war erleichtert, dass Claire nicht mehr erwähnt worden war, und hoffte, es würde so bleiben.

»Also was hältst du von den Lyons?«, fragte William. »Claire ist doch sehr nett, nicht wahr?«

So viel dazu.

»Ich kann gar nicht glauben, dass du mit Jay so gut befreundet bist«, sagte Massie zu ihrem Vater. »Ihr scheint so verschieden zu sein.«

Williams erfreutes Lächeln schwand und stattdessen runzelte er die Stirn.

»Irgendwie als wärst du Donald Trump und er Donald Duck«, fügte Massie hinzu.

»Gib ihnen eine Chance, ja?«, bat William. »Mir zuliebe.«

»Vielleicht hilft Massie ja das hier dabei, ihre Meinung zu ändern«, sagte Kendra und streckte ihrer Tochter eine kleine, in Geschenkpapier eingewickelte Schachtel entgegen. »Es ist für dich. Sie haben es den weiten Weg aus Florida mitgebracht.«

Massie ging hinüber zum Bett und nahm das Geschenk entgegen. Zögernd schälte sie das silberne Geschenkpapier ab, als ob sie erwartete, dass sie gleich von etwas angesprungen würde. Vorsichtig hob sie den Deckel der kleinen Schachtel. Unter einem Satinkissen lag ein winziges silbernes Mikrofon. Sie nahm es zwischen die Finger und hielt es nach oben, wie ein Paläontologe ein Fossil begutachten würde.

»Sie haben es für dein Glücksbringer-Armband mitgebracht.« Kendra strahlte, als sei sie selbst beschenkt worden. »Ist das nicht furchtbar nett?«

»Warum denn ein Mikrofon?«, fragte Massie.
»Weil du immer eine berühmte Sängerin werden wolltest«, erklärte Kendra.
»Als ich sechs war!« Massie verdrehte die Augen.
»Tja, es ist der Gedanke, der zählt«, stellte William fest. »Mach es doch dran. Ich denke, zwischen dem Schuh und dem Eiffelturm würde es nett aussehen.«
»Das geht nicht – es ist Silber«, wandte Massie ein. »Silber und Gold passen nicht zusammen.«
Aber es war bereits zu spät. Kendra griff nach dem Arm ihrer Tochter und löste geschickt das Armband, als arbeite sie an der Verkaufstheke von Tiffanys. Sie brachte das Mikrofon (das nach Massies Ansicht mehr wie ein Lutscher aussah) an und legte das Kettchen wieder um das Handgelenk ihrer Tochter.
»Sieht toll aus«, lobte William. »Sie werden sich freuen, es an dir zu sehen.«
Beide Eltern gaben Massie einen Gutenachtkuss.
»Jetzt, wo die Schule wieder anfängt, werden wir dann unsere abendlichenn Spaziergänge wieder aufnehmen?«, fragte William und blickte zu der Mopsdame hinüber.
»Viertel nach acht. In Ordnung, Bean?« Massie drehte den Hund zu sich.
Bean hob ihren Kopf und sah Massie an.
»Sie sagt ›In Ordnung‹«, erklärte Massie. »Gute Nacht.«
Ihre Eltern schlossen die Tür so leise hinter sich, als wollten sie Rücksicht auf ein schlafendes Baby nehmen.
Massie blickte auf den neuen Anhänger, der an ihrem Lieblingsschmuck baumelte. Plötzlich fühlte sich das Armband mehr wie Handschellen an. Sie zog es aus und legte es neben sich auf den Nachttisch. Das Einzige, was sie noch tun

musste, bevor sie schlafen ging, war den Lagebericht des heutigen Tages in ihr Notizbuch einzutragen.
Sie führte schon immer Buch über ihr Leben, doch sie hatte nie die Notwendigkeit für so etwas wie ein Tagebuch gesehen, besonders da Tagebücher leicht in die Hand von Feinden fallen konnten. Stattdessen fasste sie alles Wichtige in einer einfachen Liste zusammen, die sie Lagebericht nannte.

Lagebericht

In	**Out**
Chris	Claire
Öffentliche Wege	Privatwege
Pferde	Lyons

Sobald Massie ihren Eintrag beendet hatte, hob sie Bean noch einmal auf ihren Schoß.
»Noch fünfmal schlafen, bis ich Chris Abeley wieder sehe«, sagte sie zu dem kleinen Mops.
Als Massie unter ihre Daunendecke kroch, hoffte sie ihre Gedanken abschalten zu können, um vor dem ersten Schultag genug Schönheitsschlaf abzubekommen. Mit einem Druck auf die Fernbedienung neben ihrem Bett schalteten sich die Lampen in ihrem Zimmer aus. Nur noch zehn Stunden, bis sie ihre Freundinnen wieder sah.

DAS GÄSTEHAUS
CLAIRES ZIMMER

1 Uhr 03
2. September

Weniger als einen Katzensprung entfernt warf Claire sich unruhig im Bett herum. Sie hatte gehofft, das OCD-Schulhandbuch würde ihr helfen sich zu entspannen und gelassener hinsichtlich ihres ersten Schultages zu werden, doch es hatte genau den gegenteiligen Effekt gehabt. Es machte ihr klar, wie wenig das Leben in Orlando sie auf das vorbereitet hatte, was sie hier erwartete.

Gewisse Zeilen, die sie in dem glänzenden OCD-Handbuch gelesen hatte, verfolgten sie wie ein Ohrwurm, den sie nicht mehr aus dem Kopf bekommen konnte. Wie zum Beispiel »Mode ist eine edle Kunst und eine wichtige Form von Selbstverwirklichung ... weshalb das OCD auch stolz darauf ist, eine Privatschule ohne Uniform zu sein. Es wird vorausgesetzt, dass alle Schüler das Thema persönlicher Stil und gepflegtes Auftreten sehr ernst nehmen.«

Claire drehte das Kissen auf die kalte Seite und versuchte sich auf ihre Atmung zu konzentrieren: durch die Nase einatmen, durch den Mund ausatmen. Doch Visionen von den Berühmtheiten unter den ehemaligen Schülern ließen ihr Herz immer wieder rasen. Dreizehn Topmanager, sieben Olympiasieger, vier Pulitzer-Preisträger, drei Oscar-Preisträger, zwei Senatoren und ein Staatssekretär. Sie hatte keine Ahnung, was ein Staatssekretär überhaupt tat, und betete, nicht in der gleichen Klasse wie einer dieser Überflieger zu landen, denn sie hätten absolut nichts, worüber sie reden könnten.

Claire stieß die Decke mit den Füßen zurück und sprang aus dem Bett. Sie nahm ihr Lieblingskuschelkissen und schlich den Flur entlang zum Zimmer ihres Bruders. Die Geräusche des Hauses waren ihr fremd und der ächzende Holzboden war ihr unheimlich.

Todd schlief tief und fest. Er lag auf dem Rücken quer über das ganze Doppelbett. Claire fand es lustig, ihn unter den Rüschendecken begraben zu sehen, die zu diesem Haus gehörten, aber sie war zu gestresst, um noch kichern zu können. Sanft schob sie ihn auf eine Seite des Bettes und kletterte zu ihm. Wenn sie seinen gleichmäßigen Atem hörte, fühlte sie sich weniger einsam.

DAS GÄSTEHAUS
KÜCHE

7 Uhr 20
2. September

Ein riesiger Knoten hatte sich inzwischen in Claires Kehle gebildet und sie konnte kaum ihren Pfannkuchen hinunterschlucken. Der ovale Holztisch kam ihr so groß und unpersönlich vor wie alles, was sie bisher in Westchester erlebt hatte. Todd saß ihr gegenüber, doch ihr war, als sei er meilenweit entfernt.

Ihr alter Frühstückstisch in Orlando war schmal, viereckig und aus einem hellen Kunststoff. Jedes Familienmitglied hatte seine eigene Seite gehabt und es war immer sehr gemütlich gewesen. Dieser Tisch hier hatte nicht einmal Seiten.

Unausgepackte Kisten füllten die Küche und das Einzige, was Claire vertraut vorkam, war die Musik aus dem Radio – die Westchester-Version des Lieblingssenders ihrer Mutter, die diese immer beim Kochen hörte.

»Könnten wir nicht mal das Radio abstellen?«, bat Claire. »Diese Musik ist so deprimierend.«

»Wenn du dein eigenes Haus hast, kannst du hören, was immer du willst«, entgegnete Judi.

»Das hier ist ja wohl kaum dein Haus«, fuhr Claire sie an und war selbst überrascht von ihrer Frechheit.

Todd sah seine Schwester verblüfft an und vergaß völlig seinen Arm aus der Rosinenschachtel zu ziehen, die er durchwühlt hatte.

»Claire, was ist denn mit dir los?«, fragte Judi.

»Nichts.« Claire fuhr mit ihrer Gabel auf ihrem Teller umher und schrieb immer und immer wieder SOS in eine Pfütze aus Ahornsirup.

»Und warum bist du dann mitten in der Nacht in mein Zimmer geschlichen?«, zog Todd sie auf.

»Weil eine Spinne in meinem Bett war«, erklärte sie.

»Sieht so aus, als wäre dir in meinem Bett dafür eine Laus über die Leber gelaufen.« Todd packte etwas Kleines und warf es nach Claire. Es sprang von ihrer Wange und landete auf dem Boden.

»Iiigitt, was war das denn?« Claire verzog das Gesicht, als hätte sie gerade in eine Zitrone gebissen.

»Munition«, flüsterte Todd und deutete auf die Schachtel. »Rosinen sind toll, um damit in der Schule Leute zu bewerfen.« Er klopfte auf die Seitentasche in seiner Cordhose und Claire wusste, das bedeutete: »Da sind noch mehr davon.«

»Ich bin sicher, du wirst richtig beliebt werden«, meinte Claire seufzend.

»Danke«, antwortete Todd mit einem zufriedenen Gesichtsausdruck und nahm den Sarkasmus gar nicht wahr. »Möchtest du ein paar davon abhaben? Vielleicht könntest du welche auf Massie werfen.«

»Warum das denn?«

»Ich habe an der Tür gelauscht, als du gestern in ihrem Zimmer warst«, erklärte er, stand vom Tisch auf und machte sich größer. Er versuchte Massie nachzuahmen, doch stattdessen wirkte er wie eine schrullige alte Dame. »Meine Freundinnen und ich, wir haben unser eigenes Ding laufen und du wirst dich nur komisch fühlen, wenn du versuchst, da reinzupassen.«

Claires Gesicht lief rot an. Sie konnte nicht fassen, dass ihr kleiner Bruder diese Demütigung mit angehört hatte.

»Todd, geh dir die Zähne putzen, der Bus wird in fünf Minuten da sein«, befahl Judi. »Wir reden noch mal über das Lauschen, wenn du nach Hause kommst.«

Todd rannte aus der Küche und die Treppe hinauf, wobei er immer zwei Stufen auf einmal nahm.

Claire leerte den Rest des Pfannkuchens in den Abfall und stellte ihren Teller in die Spüle. Sie sah auf ihre rosafarbene G-Force-Uhr. Es war fünf vor acht.

Daheim in Orlando saßen Sarah und Sari wahrscheinlich schon im Schulbus und tauschten sich über die neuesten Tricks im Wakeboarding aus, die sie den Sommer über gelernt hatten. Irgendein neues Mädchen würde wahrscheinlich heulen, weil Bobby Dennet einen Frosch in ihren Rucksack gesteckt hatte, und inmitten dieses Chaos würde der dicke Mitch rufen: »Seid still oder ich fahre diesen Bus direkt in die Alligatorensümpfe.« Claire hätte alles darum gegeben, jetzt dort in diesem Bus zu sein.

»Claire, du siehst toll aus«, riss Judi sie aus ihren Träumen.

»Danke«, sagte Claire. »Aber meinst du, es ist modisch genug?«

»Klar, weiße Gap-Jeans sind ein Klassiker«, versicherte ihre Mutter. »Und deine Turnschuhe sind brandneu und total süß.«

Claire blickte auf ihre marineblauen Turnschuhe. Alle ihre Freundinnen zu Hause trugen die gleichen.

»Ich verstehe, dass du vor deinem ersten Tag an einer neuen Schule nervös bist, aber mach dir keine Sorgen«, sagte Judi. »Vergiss nicht, du hast schließlich Massie auf deiner Seite.«

»Das denkst aber auch nur du«, entfuhr es Claire. Sie

schlüpfte schnell aus der Küche in den schmalen Flur, bevor ihre Mutter fragen konnte, was sie damit meinte.
»Isaac hat Bescheid gegeben, dass du um acht Uhr draußen sein sollst, also gehst du jetzt vielleicht lieber«, rief Judi ihr nach. »Vergiss dein Pausenbrot nicht.«
Sie kam in den Flur und reichte Claire eine Powerpuff-Girls-Lunchbox. Claire öffnete sie und steckte das Truthahnsandwich, die Hot Cheetos und die sauren Gummifüße in ihren Rucksack und ließ die leere Lunchbox auf dem Tisch im Foyer zurück. Wenn der Rest der Mädchen genauso erwachsen tat wie Massie, dann war klar, dass Powerpuff Girls vielleicht noch in der sechsten, aber gewiss nicht mehr in der siebten Klasse angesagt waren.
Claire merkte, dass ihre Mutter sie besorgt ansah.
»Hey, Süße. Wie ist dein Nachname?«, fragte Judi mit einem leichten Lächeln.
»Lyons«, antwortete Claire.
»Lyons, genau, und das heißt Löwen. Und was tun Löwen?«, fragte Judi.
»Brüllen«, sagte Claire.
»Ich kann dich nicht hören«, kam es von Judi.
»Brüllllen!«, rief Claire. Aber das alte Spiel kam ihr in dem neuen Zuhause überholt und kindisch vor.
»Das klingt schon besser«, lobte Judi. Sie gab Claire einen Kuss auf die Stirn und schob sie zur Tür.
Claire ging hinaus und wurde von etwas am Hinterkopf getroffen.
»Bist du sicher, dass du keine Rosinen willst?«, rief Todd. »Können nicht schaden.«
»Können sie doch, wenn ich mich auf deine Brust setze und sie dir in die Nase stecke«, rief Claire über ihre Schulter.

Sie wünschte, Massie hätte das gehört, vielleicht hätte es sie beeindruckt.
Claire trat aus dem Haus und atmete tief ein. Der Geruch von frisch geschnittenem Gras erfüllte die Luft und die hohe Luftfeuchtigkeit ließ sie an Florida denken. Sie bauschte ihren Pony mit den Fingern auf und hoffte, die Haare landeten ordentlich nebeneinander und standen nicht ab. Sie zog eine Tube Lipgloss, Geschmacksrichtung Traube, aus ihrer Hosentasche und fuhr sich damit über die Lippen.
Sie wusste, dass sie ungefähr zwanzig Minuten allein mit Massie im Auto hatte, und sie wollte, dass alles perfekt war.
Isaac winkte Claire zu, als er sie über den Rasen kommen sah. Er stand in der Einfahrt und polierte den silbernen Range Rover der Blocks. Als Claire ankam, steckte er den Lappen in seine Hosentasche und öffnete die Tür für sie.
»Guten Morgen, Claire«, sagte er mit einem Lächeln. »Willkommen an Bord.«
»Guten Morgen und vielen Dank, Isaac.« Claire lächelte zurück. Sie atmete tief aus.
So weit, so gut.
Claire nahm auf dem schwarzen Lederpolster Platz und bemerkte, dass es genauso glänzte wie das Äußere des Wagens. Sie machte es sich bequem und blickte nach vorne, wo sie jedoch nicht aufs Armaturenbrett, sondern auf eine zweite Reihe von Sitzen schaute. Am liebsten hätte sie ihre Füße auf die Ledersitze ihr gegenüber gelegt, aber sie wollte keinen schlecht erzogenen Eindruck auf Isaac machen. Sie beschloss zu warten und erst zu sehen, ob Massie es tat.
Nachdem sie sich weiter umgesehen hatte, fühlte Claire sich eher wie in einer Limousine als wie in einem Range Rover. Ein Kühlschrank mit Glastür, der mit Diätsoda, Pellegrino,

Glaceau-Vitaminwasser und frischen Beeren der Saison gefüllt war, surrte leise in der rechten hinteren Ecke. Ein Fernsehgerät in der Form eines Würfels hing vom Autohimmel wie ein viereckiger Disco-Ball. An jeder Seite befanden sich Bildschirme, damit man von überall einen guten Blick hatte. Die winzigen schwarzen Lautsprecher in den Fahrzeugecken untermauerten Claires Gefühl, dass ihre morgendliche Fahrt zur Schule alles andere als langweilig würde. Sie war so beeindruckt, dass sie einen Moment lang ganz vergaß nervös zu sein. Aber sie wurde schnell wieder daran erinnert, als sie Massie auf das Auto zustolzieren sah.

Die getönten Scheiben gestatteten Claire Massies Bewegungen zu studieren, ohne dabei erwischt zu werden.

Massie lief aufrecht und zielgerichtet. Ihr Blick war fixiert, aber sie schien nirgendwo im Besonderen hinzusehen.

Claire schob ihren blonden Pony zur Seite, damit er nicht schweißverklebt aussah. Sie beneidete Massie um ihr perfektes schulterlanges, glänzendes Haar, das anscheinend immer gut aussah, selbst früh am Morgen.

Isaac öffnete die Tür und ein Schwall heißer Luft drang herein. Eine äußerst zierliche Riemchensandale und rote Zehennägel waren das Erste, was von Massie zu sehen war. Dann stieg der Geruch von süßlichem Parfüm in Claires Nase. Ein dünner Arm, der aussah, als würde er jeden Moment unter dem Gewicht des überfüllten Glücksbringerarmbands brechen, warf einen Denim-Blazer auf den Rücksitz. Er landete auf Claires Schoß und sie legte ihn schnell ordentlich neben sich. Schließlich schob Massie ihren Po herein und rutschte über den Sitz. Dabei stieß sie an Claires Knie.

»Oh mein Gott!«, rief Massie aus. »Hast du mich erschreckt. Was machst du denn hier?«

»Was meinst du?«, fragte Claire. »Deine Mutter sagte, ich sollte mit dir zur Schule fahren.« Claire dachte daran, wie Isaac sie begrüßt hatte. Er schien gewusst zu haben, dass sie kam. »Hat sie dir das nicht gesagt?«

»Tut mir Leid.« Massie rutschte zurück auf die andere Seite. »Muss ich vergessen haben.«

»Oh«, sagte Claire.

Isaac ließ den Motor an und beide Mädchen studierten jede seiner Bewegungen, als wären sie nie zuvor in einem Auto mitgefahren. Sie wussten nicht, wohin sie sonst schauen sollten.

»Das schlägt den Schulbus aber locker«, bemerkte Claire.

»Kann ich nicht beurteilen, aber wenn du es sagst«, erwiderte Massie. Sie blickte auf das Display ihres Handys. »Claire, dir macht es doch nichts aus, ganz hinten zu sitzen, oder? Wir müssen Alicia, Kristen und Dylan abholen und ich möchte nicht völlig eingequetscht werden.« Massie sah direkt in Claires Augen. »Ich garantiere dir, es wird trotzdem ›den Schulbus schlagen‹.« Ihre mit den Fingern gesetzten Anführungszeichen wirkten schnippisch.

»Oh, ich dachte, es wären nur wir beide«, sagte Claire.

»Wie kommst du denn darauf?«, fragte Massie.

Claire war zu verblüfft, um zu antworten. Stattdessen tat sie, worum Massie sie gebeten hatte, und kletterte über den Sitz nach hinten. Sie stellte fest, dass das anscheinend die Ladefläche war, die zum Transport von Lasten oder Haustieren diente. Es dauerte nur eine weitere Sekunde, bis Claire erkannte, dass ihr neuer Platz zudem nur einen eingeschränkten Blick auf den Fernseher und überhaupt keinen Zugang zum Kühlschrank bot.

Nach ein paar Minuten bog der Range Rover von der Straße

ab und hielt an. Claire war ziemlich durcheinander. Alles, was sie sehen konnte, waren hohe Eisentore und dahinter übergroße Büsche. Sie rutschte näher ans Fenster und kniff die Augen zusammen, damit sie herausfinden konnte, was so viel Schutz benötigte. Doch sie konnte nur eine in Stein gehauene nackte Frau entdecken und einen Marmorbrunnen. Claire tastete in ihrem Rucksack nach ihrer winzigen Kamera und holte sie heraus. Sie machte erst ein Bild von den Eisentoren und dann eines vom Sicherheitsdienst.

»Claire«, sagte Massie und machte sich nicht die Mühe, sich umzudrehen. »Das hier ist nicht Disneyland.« So wie Massie Claires Namen aussprach, klang es mehr nach »Kuh-laire«. »Wenn der Sicherheitsdienst merkt, dass du Fotos vom Haus machst, wird er deine Kamera beschlagnahmen und dich eine Woche lang verhören«, fügte sie hinzu.

»Oh mein Gott, tut mir Leid. Ich habe nur noch nie so etwas gesehen ...«

»Tja, erzähl das lieber nicht herum«, belehrte Massie sie. »Jeder hier in der Gegend wohnt so, also gewöhnst du dich besser daran.«

Schließlich trat ein dunkelhaariges Mädchen aus dem Tor. Sie kam langsam und beiläufig auf das Auto zu und schien nicht im Mindesten beunruhigt, dass alle auf sie hatten warten müssen. Als Claire sie genauer betrachtete, wusste sie auch, warum.

Alicia war das hübscheste Mädchen, das sie je gesehen hatte. Die Art von Mädchen, auf die nie jemand richtig wütend wird, weil man nicht will, dass sie unglücklich aussehen. Ihre dunkelbraunen Augen funkelten, sie hatte einen wunderbar gleichmäßigen Teint und ihre Lippen waren voll und kirschrot.

»Sie geht in Vintage Ralph Lauren und hat die neue Prada Messenger Bag«, sagte Massie.

»Was?«, fragte Claire. Sie hatte keine Ahnung, wovon Massie sprach. Sie beugte sich vor und fragte noch einmal: »Was hast du gesagt?«

»'kay, wir sind in fünf Minuten bei dir«, sprach Massie in ihr Telefon. »Bye.« Massie schloss das Handy und warf es in einen der Getränkehalter.

Claire wurde rot, als sie merkte, dass Massie gar nicht mit ihr gesprochen hatte.

Isaac öffnete die Tür und Alicia Rivera setzte sich Massie gegenüber.

»Heeeyyy«, sagte Massie und umarmte ihre Freundin.

Alicia betrachtete Massie ausgiebig.

»Oh mein Gott, du siehst gar nicht aus, als wärst du krank gewesen«, meinte Alicia. »Du siehst un-glaub-lich aus.«

»Warte nur bis morgen«, erwiderte Massie.

»Warum?«, fragte Alicia mit einem wissenden Grinsen.

»Weil ich jeden Tag besser aussehen werde!«, riefen die beiden lautstark im Chor. Sie brachen in Gelächter aus und gaben sich einen Schlag auf die flache Hand – den üblichen »Highfive«. Selbst Claire musste dabei lachen.

Alicia reckte den Hals, um zu sehen, woher das zusätzliche Lachen kam.

»Wer ist denn der blinde Passagier?«, fragte sie.

»Oh, wir nehmen sie nur heute mal mit. Ihre Familie wohnt in unserem Gästehaus, bis sie sich ein eigenes Haus leisten können«, sagte Massie.

»Hi, ich bin Claire«, stellte sich Claire vor und versuchte die Gemeinheit in Massies Bemerkung zu ignorieren.

»Oh«, sagte Alicia.

Claire zog den Reißverschluss ihres Rucksacks auf und holte die Plastiktüte mit sauren Gummifüßen heraus.
»Möchtet ihr was?«, fragte sie. Sie benutzte ihre Zähne, um den Knoten zu öffnen, den sie extrafest gemacht hatte, als sie die Tüte aus ihrer Lunchbox genommen hatte. »Ich ernähre mich praktisch davon.«
»Ich habe etwa um die gleiche Zeit aufgehört die zu essen, als ich nicht mehr gestillt wurde«, fuhr Massie sie an.
»Ja, und ich habe nie damit angefangen«, sagte Alicia.
Claire ließ die Tüte zurück in ihren Rucksack fallen und versuchte nicht daran zu denken, wie gern sie jetzt auf einem sauren Fuß gekaut hätte. Sie lehnte ihren Kopf gegen das Fenster und zählte die Bäume, an denen sie vorbeifuhren.
Das Auto wurde langsamer, als sie sich einem hohen weißen Haus näherten, das auf einem kleinen Hügel stand. Es sah eher wie eine Kirche aus als wie ein Privathaus. Diesmal schaffte Claire es, einen Schnappschuss zu machen, ohne vom Sicherheitsdienst oder – noch schlimmer – von Massie gesehen zu werden.
Dylan Marvil saß auf einer der Steinstufen vor ihrem Haus, las *Us Weekly* und aß einen Müsliriegel. Dichtes rotes Haar umgab ihr blasses Gesicht, während sie darum kämpfte, es aus ihrem Mund zu streichen, damit sie essen konnte. Als sie den Range Rover entdeckte, steckte sie die Zeitschrift in ihre Luis-Vuitton-Tasche und rannte die restlichen Stufen hinab.
Dylan war mindestens fünf Zentimeter größer und breiter als die anderen beiden Mädchen. Claire fand, sie sah aus wie ein Mädchen, das damit aufgewachsen war, Kühe zu melken oder auf einer Farm Butter zu schlagen.

Dylan stieg viel weniger anmutig ins Auto als Alicia. Der Riemen ihrer Tasche verfing sich am Autogriff und ihre linke Sandalette glitt von ihrem Fuß und unter den Wagen.

»Hey, wir haben dich gestern vermisst«, sagte Dylan, als sie schließlich im Auto saß und Massie umarmen konnte. »Wie geht es dir?«

»Besser«, antwortete Massie. »Also, was hast du gekauft?«

»Nicht viel. Nur drei Paar Jeans, einen Kaschmirpulli, von dem ich mir nicht einmal sicher bin, ob er mir gefällt, und ein paar Calvin-Kleider für die Bar-Mizwa-Zeit.« Sie zog eine Bürste aus ihrem Rucksack und fuhr damit durch ihr langes Haar.

»Du hättest mal sehen sollen, wie sie versucht hat in den zehn Zentimeter hohen Manolos zu laufen«, sagte Alicia. »Sie zitterte, als ob sie inmitten eines gigantischen Erdbebens stünde.«

Dylan bekam einen Lachanfall.

Massie öffnete den Minikühlschrank und sah hinein. Sie schien genauso gelangweilt von den Beeren und Getränken wie von den Erzählungen ihrer Freundinnen über deren Shopping-Abenteuer.

»Halt die Klappe«, sagte Dylan. »Ich habe mich zumindest nicht von der BH-Verkäuferin abtatschen lassen müssen.«

Alicia sah Dylan überrascht an, nahm es jedoch mit Humor. »Du hattest versprochen, es niemandem zu erzählen.«

»Aber damit hast du doch bestimmt nicht Massie gemeint«, erwiderte Dylan. »Hey Massie, findest du nicht auch, dass das mindestens zwei Klatschpunkte wert war?«

»Entschuldige«, antwortete Massie. »Ich habe gerade nicht richtig zugehört.«

Claire merkte an Massies plötzlichem Stimmungsumschwung, dass sie es nicht mochte, sich ausgeschlossen zu fühlen. Es war fast, als nähme Massie es persönlich, wenn die anderen ohne sie Spaß hatten.

»Hast du nicht auch noch etwas in der Parfümerie gekauft?«, fügte Alicia hinzu.

Dylan warf ihr einen Vielen-Dank-Blick zu, den Claire selbst von der Ladefläche aus bemerkte.

»Oh ja, klar, ich hab mir auch noch einen Yves-St.-Laurent-Lipmarker gekauft«, gestand Dylan.

»Oh, den gleichen, den ich mir kaufen wollte?«, fragte Massie kühl. »Sei nur vorsichtig, ich habe gelesen, davon bekommt man Herpes.«

»Ach komm! Wo hast du das denn gelesen?«, fragte Dylan mit einem Hauch Furcht in der Stimme.

»Ich glaube, es war *Young Miss«*, sagte Massie.

Dylan hielt sich die Rückseite ihrer silbernen Bürste vors Gesicht und musterte ihr Spiegelbild. Sie drückte ihre Zunge gegen die Innenseite ihrer Oberlippe, damit sie diese genauer begutachten konnte.

»Ich sehe nichts«, sagte Dylan.

»Dafür rieche ich Essen wie im Flugzeug. Riecht das noch jemand außer mir?«, fragte Massie.

»Das ist meines«, erklärte Dylan. »In meiner Tasche steckt ein Zone-Mittagessen.«

»Wann hast du denn mit der Zone-Diät angefangen?«, fragte Alicia. Sie klang ehrlich interessiert.

»Heute. Meine Mutter und meine Schwester machen sie auch. Wir wollen alle bis Halloween fünfzehn Pfund abgenommen haben«, erklärte Dylan.

»Allein der Geruch wird dich vom Essen abhalten«, meinte Massie angewidert.

»Genau«, stimmte Alicia ihr grinsend zu.
Der letzte Halt vor der Schule war das Montador, um Kristen abzuholen. Sie saß in der schwach erleuchteten Lobby des luxuriösen Gebäudes und war über ein Kreuzworträtsel gebeugt. Ihr langes aschblondes Haar fiel ihr ins Gesicht. Isaac musste zwei Mal hupen, bevor sie schließlich aufsprang und sich gegen die schweren Drehtüren drückte, um hinauszugelangen.
Kristen Gregory gehörte zu den Leuten, die beim Gehen wippten. Ihr schmaler Körper schien ganz aus Muskeln gemacht zu sein, genau wie Claires. Endlich jemand, mit dem sie sich vergleichen konnte. Claire beschloss, dass ihr von allen bis jetzt Kristen am sympathischsten war. Wie die anderen war sie von Kopf bis Fuß in Designer-Klamotten gekleidet. Ihre Auswahl verriet allerdings reine Bequemlichkeit. Orangefarbene Puma-Turnschuhe und eine schokoladenbraune Velour-Jogginghose mit dazu passendem Kapuzenoberteil, die Ärmel hochgekrempelt.
»Heyyy«, grüßte sie, als sie ins Auto stieg und alle Mädchen nacheinander umarmte. »Wir haben dich gestern vermisst, Mass.«
Sobald der Range Rover sich in Bewegung setzte, zog Kristen Jogginghose und Oberteil aus und enthüllte so einen kurzen Minirock aus Jeansstoff und ein bauchfreies Shirt.
»Mein Gott.« Massie beobachtete, wie Kristen sich abmühte. »Wann wird deine Mom dich endlich das tragen lassen, was du willst?«
»Bit-te! Ich habe schon vor Jahren aufgehört, das zu fragen. Im Moment ist es für mich einfacher, ein Doppelleben zu führen.« Kristen stopfte ihre Trainingshose unter den Sitz.

»Geben wir Massie ihr Mitbringsel«, schlug Alicia vor. Sie kramte in ihrer riesigen Prada-Tasche.

»Warte mal, bevor wir das tun, habe ich zwei Fragen«, sagte Kristen. »Erstens, warum riecht es im Auto wie im Flugzeug, und zweitens, wer ist das auf der Ladefläche?«

Dylan sah über ihre Schulter und schrie laut auf, als sie Claire entdeckte.

»Oh mein Gott, wer ist das?« Sie machte eine Pause, um Luft zu holen, bevor sie fortfuhr: »Massie, ist sie schon die ganze Zeit hier?«

Massie verdrehte die Augen und nickte.

»Sie heißt Claire und ihre Familie wohnt bei Massie, bis ihr Dad genug Geld verdient hat, um sich sein eigenes Haus zu leisten. Sie ist in unserem Jahrgang an der OCD«, erklärte Alicia mit einem stolzen Lächeln.

Claire erkannte an der Art und Weise, wie Alicia sich aufsetzte und die Stimme erhob, als sie Claires »Situation« erklärte, dass es ihr gefiel, die Erste zu sein, die Massie am Morgen abholte. Denn so bekam sie sämtliche Informationen vor allen anderen, und das schien ihr ziemlich wichtig zu sein.

Kristen streckte ihre Hand in Richtung Ladefläche und schüttelte sie in der Luft. »Entschuldige den virtuellen Händedruck, aber ich kann dich dort hinten nicht erreichen. Ich bin Kristen.«

Claire streckte ebenfalls die Hand aus und schüttelte sie in der Luft, aber Kristen hatte ihre Aufmerksamkeit bereits wieder auf die anderen Mädchen gerichtet.

»Ich kann einfach nicht glauben, dass sie die ganze Zeit schon dahinten war«, murrte Dylan. Sie begann wieder ihr Haar zu kämmen.

Claire beobachtete, wie einzelne rote Haarsträhnen auf dem Rücken ihres limettengrünen Edelpullis landeten.

KRISTEN: MÖGEN WIR SIE?
MASSIE: 

Massie stieß einen Seufzer aus und streckte ihre Arme über den Rücksitz wie ein Junge, der während eines Films den Arm um seine Freundin legt. Anscheinend wollte sie, dass Claire das winzige Display ihres Handys sah. Als Claire das Icon mit dem Daumen nach unten sah, hatte sie das Gefühl, ihr Blut würde kochen und gleichzeitig sei ihr Körper wie gefroren.
Sie griff nach ihrer Tüte mit sauren Gummifüßen und stieß ein Loch in die Seite, denn sie wollte nicht, dass die anderen merkten, wie sie mit dem Knoten kämpfte. Die zwei Gummifüße, die sie herausgezogen hatte, versteckte sie hinter ihrem Rücken. Als sie sicher war, dass niemand sie beobachtete, hustete sie und steckte sie schnell in den Mund. Sie schmeckten nach zu Hause.
»'kay, es wird Zeit, Massie zu zeigen, was wir ihr gestern gekauft haben«, meinte Kristen. »Es ist ein Gute-Besserungs-Geschenk von uns allen.«
Alicia zog etwas aus ihrer Tasche, was in weißes Papier gehüllt war, und reichte es Massie. Dylan klatschte aufgeregt in die Hände. Massie riss das Papier ab und warf es über ihre Schulter auf die Ladefläche. Die zerknitterte weiße Papierkugel landete fünf Zentimenter vor Claires Füßen.
»Oh wow! Das Alberta-Ferretti-Top, das ich in *Lucky* gesehen habe!«, rief Massie aus. »Und es ist purpurrot, meine neue Lieblingsfarbe.«

»Alicia«, sagte Dylan vorwurfsvoll und beugte sich zum Top vor. »Du hast den Preis drangelassen.« Sie riss das baumelnde Preisschild ab, bevor Massie es sehen konnte, und warf es weg wie eine Frisbeescheibe. Es landete neben der Papierkugel.

Claire blickte nach unten, um zu sehen, wie viel das kleine rückenfreie Oberteil gekostet hatte. Als sie die Zahlen sah, musste sie tief Luft holen.

Wie kann ein Top, das dünner ist als Toilettenpapier, so teuer sein?, dachte sie. Die anderen Mädchen waren zu beschäftigt, sich von Massie zum Dank umarmen zu lassen. So achtete niemand auf Claire, die das Preisschild vom Boden aufhob und es vor ihr Gesicht hielt. Darauf stand siebenhundertundachtzig Dollar. $ 780,00!!! Claire holte ihre Kamera heraus und machte zwei Aufnahmen, eine von weitem und eine mit Zoom. Niemand zu Hause würde ihr das glauben.

Dylan griff nach der Fernbedienung und zappte durch die Fernsehkanäle. Bei der Morgenshow *Nachgefragt* hielt sie an.

»Meine Mom interviewt heute den süßen Koma-Typen aus *Jung und ruhelos*, erzählte Dylan voller Stolz. »Scht, da ist er schon.« Sie beugte sich in ihrem Sitz nach vorne.

»Tja, Drew, es war schön, heute Morgen mit dir sprechen zu können. Vielen Dank, dass du vorbeigekommen bist. Wir beten alle, dass du dich bald aus diesem furchtbaren Koma erwachst, damit du mit deiner geliebten Melanie entscheiden kannst, was aus dem Körper deiner toten Frau werden soll«, sagte Merri-Lee Marvil betont mitfühlend. Zum Abschied gab sie dem gut aussehenden blonden Schauspieler ein Küsschen auf die Wange.

Als er nicht mehr im Bild war, blickte die Moderatorin di-

rekt in die Kamera und sagte: »Haben Sie sich auch schon einmal gefragt, was Ihr Hund wirklich von Ihren Freunden hält? Hundespezialist Dr. Gabby wird es Ihnen sagen, sobald wir nach einer kleinen Werbepause wieder da sind.«
Dylan schaltete verärgert den Fernseher aus.
»Ich kann nicht fassen, dass wir den süßen Koma-Typen verpasst haben«, schimpfte sie. »Wie hieß er gleich wieder mit Nachnamen?«
»Ich glaube er fängt mit D an«, sagte Kristen. »Sechs Buchstaben.«
»Ist denn für dich alles ein Kreuzworträtsel?«, fragte Massie gereizt.
»Divine«, rief Claire plötzlich von hinten. »Er heißt Divine mit Nachnamen.«
Einen kurzen Moment lang musste Kristen vergessen haben, dass sie Claire nicht mögen sollte, denn sie drehte sich um und sprach sie direkt an.
»Genau«, sagte sie. »Gott sei Dank, das hätte mich sonst den ganzen Tag verfolgt.«
»Kristen, meinst du, Dylan sollte die Telefonnummer des süßen Koma-Typen aus dem PalmPilot-Organizer ihrer Mutter klauen?«, fragte Massie.
Kristen musste sich von Claire wegdrehen, um zu antworten.
»Oh, aber klar! Dylan, denkst du, du schaffst das?«
»Kein Problem«, sagte Dylan. Es klang fast so, als wäre sie beleidigt, dass ihre Freundinnen überhaupt fragten. »Morgen um die Zeit werden wir ihn schon angerufen haben.«
»Warte mal, deine Mutter kennt Drew Divine?«, fragte Claire. Sie beugte sich so weit vor, wie sie konnte, ohne in die nächste Sitzreihe zu fallen. »Wieso?«

»Sie hat gerade mit ihm gesprochen«, sagte Alicia. »Hast du nicht zugesehen?«

»Deine Mutter ist Merri-Lee Marvil?«, fragte Claire. »Die Moderatorin von *Nachgefragt?« Nachgefragt* war die Lieblingssendung von Claires Mutter.

»Hm«, bestätigte Dylan, pickte einen nicht sichtbaren Fussel von ihrem Top und schnippte ihn in die Luft.

»Triffst du denn ständig berühmte Leute?«, fragte Claire. »Sieht sie im echten Leben genauso aus wie im Fernsehen? Ist sie wirklich mit Geraldo Rivera zusammen?«

»Die Interviewzeit ist jetzt abgelaufen«, unterbrach Massie sie.

Claire ließ sich auf ihren Platz zurückfallen, als hätte sie gerade einen Schlag in den Magen bekommen. Sie beschloss gar nichts mehr zu sagen. Was hatte es schon für einen Sinn? Sie sah einfach aus dem Fenster und ignorierte die vier Glamour-Girls vor ihr, die in einem Haufen von teuren Taschen, Schuhen und Kleidung ganz eng zusammensaßen und sie ausschlossen.

DER RANGE ROVER
ERSTE-KLASSE-ABTEIL

8 Uhr 19
2. September

Massie nahm ein knirschendes Geräusch von der Ladefläche her wahr. Sie versuchte nicht darauf zu achten, doch es wurde immer lauter. Der schwache Geruch von Salz und fettigen Kartoffeln erfüllte die Luft und Massie wurde klar, dass Claire Chips verzehrte, ungeachtet der Tatsache, dass es früh am Morgen war oder des hohen Fettgehalts, den Chips besaßen. Massie holte ihr Handy heraus, als zöge sie ein Schwert.

MASSIE: SIE G2G
ALICIA: WIE IHR PONY
DYLAN: IHR GANZER HAARSCHNITT
MASSIE: UND DIE SCHUHE!

Dylan, Alicia und Kristen drehten sich um und standen gleichzeitig ein wenig von ihrem Sitz auf, um einen Blick auf Claires Füße werfen zu können. Massie hätte liebend gern Claires Reaktion gesehen, aber sie brachte es dann doch nicht über sich, sie anzuschauen.

KRISTEN: NEEEEIN!
MASSIE: K. M. W. W.
DYLAN: ???

MASSIE: KEIN MÄDCHEN WIE WIR. NEUER AUSDRUCK
DYLAN: GEFÄLLT MIR!

Massie steckte ihr Handy wieder zurück in seine Prada-Nylonhülle und gab den anderen Mädchen das Zeichen, mit der Unterhaltung fortzufahren.

DER RANGE ROVER
OCTAVIAN COUNTRY DAY SCHOOL

8 Uhr 27
2. September

Claires Augen wurden groß, als sie vor der Schule ankamen, die sie während der nächsten zehn Monate besuchen sollte. Auf dem Parkplatz standen Autos der Marken Mercedes, Jaguar, Lexus und BMW. Es gab Geländewagen, Coupés und sogar ein paar Limousinen. Vor ihrer alten Schule standen nur die gelben Schulbusse und ein paar zerbeulte Toyotas, die den Lehrern gehörten.

Sie bekam einen Geschmack im Mund wie von Pennys, was normalerweise bedeutete, dass sie sich gleich übergeben musste. Sie versuchte sich zu beruhigen, indem sie im Kopf den Song *These Are a Few of My Favorite Things* aus dem Musical *The Sound of Music* sang – es hatte bei der Familie im Musical funktioniert und bisher auch immer bei ihr.

Raindrops on roses
And whiskers on kittens . . .

Auf dem Umschlag der Broschüre hatten die massiven Backsteingebäude einladender ausgesehen. Blätter von sattem grünem Wein rankten sich die Wände hinauf bis zum Dach und hohe Tannenbäume umgaben die unteren Stockwerke. Claire nahm an, dass das viele Grün hier ein natürlicher Mittel war, den Pöbel fern zu halten.

Sobald der Motor des Wagens abgestellt wurde, waren die Mädchen auch schon draußen. Sie liefen in einer Reihe nebeneinander auf die große Rasenfläche zu, die sich vor dem Schuleingang erstreckte. Kleine Grüppchen von Freundinnen, die leichte Variationen des gleichen Outfits trugen, schlossen sich nach den Sommerferien wieder zusammen. Fast alle trugen dunkle Jeans oder Minis mit einem Tanktop. Die Farbe und der Schnitt der Tops schien jedem Mädchen persönlich überlassen zu sein, aber alles sonst sah aus, als sei es durch die Seiten von Modemagazinen wie *Teen Vogue, ELLEGirl* und *Young Miss* vorherbestimmt. Niemand hatte einen Rucksack. Stattdessen trugen die Mädchen Handtaschen, auf denen die Initialen von Designern prangten.

Claire fand es irgendwie komisch, dass die OCD zwar eine Privatschule ohne Uniformen war, sich alle Schüler aber trotzdem genau gleich kleideten. Dank der sehr überholten Vorstellung ihrer eigenen Mutter von »Mode« war sie die Einzige, die hier aus dem Rahmen fiel.

Bright copper kettles
And warm woolen mittens . . .

Sie nahm den Anblick der Schule und der Schülerinnen in sich auf, während sie geduldig darauf wartete, dass jemand die Heckklappe öffnete und sie aus dem Auto ließ. Die Uhr auf dem Armaturenbrett zeigte 8 Uhr 30, sie hatte also nur noch zehn Minuten, um ihre Klasse zu finden. Isaac drehte die Stereoanlage hoch und laute klassische Musik durchdrang jeden Winkel des Autos. Noch bevor Claire wusste, wie ihr geschah, fuhren sie los.

»Isaac«, rief sie von hinten.

Er fuhr weiter.

»ISAAC!«, versuchte Claire es wieder.

Sie hob ihr Bein über den Sitz und kletterte in die erste Klasse, um Isaac auf die Schulter zu tippen.

»Isaac«, sagte Claire. »Ich muss leider noch aussteigen.«

Er zuckte zusammen und trat auf die Bremse. »Was machst du denn hier?«

»Das scheint die Frage des Tages zu sein«, antwortete Claire.

Isaac setzte in die kreisrunde Einfahrt der Schule zurück.

»Danke fürs Mitnehmen«, sagte Claire und Isaac schloss die Tür, nachdem sie ausgestiegen war.

Er antwortete ihr jedoch nicht, denn er war damit beschäftigt, nach Massie Ausschau zu halten.

Er entdeckte sie, als sie ein Mädchen der achten Klasse umarmte, das in einer Hand einen Rollerhelm und in der anderen eine Yoga-Matte trug.

»Massie«, rief Isaac. Es war ihm offensichtlich egal, wie viel Aufmerksamkeit er erregte, denn er rief ihren Namen drei weitere Male.

Alle blickten in seine Richtung, alle bis auf Massie.

Er ließ den Range Rover mitten in der Einfahrt stehen, obwohl die anderen Fahrer wütend hupten und ihn aufforderten weiterzufahren.

»Ich muss mit dir reden«, sagte er.

Massie unterhielt sich immer noch mit dem Mädchen. Dylan, Alicia und Kristen warteten geduldig darauf, dass sie das Gespräch beendete, damit sie weitergehen konnten.

»Massie!«, sagte Isaac.

»Was?«, fragte sie genervt.

Sie blickte zu ihren Freundinnen und verdrehte die Augen.

»Du hast Claire im Auto gelassen.« Er klang verärgert.

Massie und die Mädchen kicherten.

»Ich dachte, du würdest sie herauslassen«, sagte Massie. Sie lächelte dabei.

Mehr Kichern.
Claire spürte alle Blicke auf sich gerichtet. Sie wünschte sich verzweifelt, sie könnte ihnen sagen, dass es ihr nicht ausmachte, im Auto gelassen worden zu sein, dass es einfach ein Missverständnis gewesen war und sie Isaac nicht um Hilfe gebeten hatte, aber sie sagte gar nichts. Stattdessen sang sie insgeheim für sich.

Brown paper packages tied up with strings.

These are a few of my favorite things ...

»Ich erwarte, dass du Claire freundlich und respektvoll behandelst.« Isaac sah geradewegs in Massies bernsteinfarbene Augen.

»Ähm, ich gehe jetzt lieber«, sagte das Mädchen aus der Achten. »Viel Glück bei deinem Babysitter-Job.« Claire sah sie zu ihren Freundinnen laufen, als könne sie es nicht erwarten, ihnen zu erzählen, was passiert war. Massie verschränkte die Arme und erwiderte Isaacs Blick.

»Vielen Dank«, sagte sie. »Wahrscheinlich bekommt sie mindestens fünfzig Klatschpunkte für diese Geschichte.« Sie sah dem Mädchen nach, das jetzt ein Stückchen weiter bei ihren Freundinnen stand und lachend auf sie zeigte. Dann schaute sie den Fahrer wieder an. »Isaac, bist du vielleicht Schauspieler?«

»Wieso?«, fragte Isaac. »Nein.«

»Warum spielst du dich dann hier so auf?«, fragte Massie.

»Oooh nein, das hast du nicht gesagt«, stieß Alicia hervor.

Dylan, Kristen und Alicia stießen ein lautes Wow aus und gaben sich gegenseitig ein Highfive zu Ehren von Massie.

Selbst Claire konnte nicht anders, als von Massies Schlagfertigkeit ein klein wenig beeindruckt zu sein.

Claire blickte zu Isaac hoch. Sie hatte keine Ahnung, wie er reagieren würde. Fast erwartete sie von ihm, dass er Massie beiseite zog, sie anschrie und drohte alles ihren Eltern zu erzählen. Doch das tat er nicht. Er stand einfach nur da und starrte Massie an. Massie starrte zurück. Es schien, als würden die beiden telepathisch kommunizieren. Alle sahen schweigend zu.

»Also bitte.« Massie drehte sich um und ging Richtung Schule, Claire folgte ihr. Isaac sah ihnen nach.

»Das ist die OCD«, erklärte Massie in monotoner Stimme. Sie klang wie eine Reiseführerin, die diese Erklärung mindestens fünfzig Mal pro Tag abgab.

»Wenn du hineingehst, siehst du eine Reihe von Geräten, die aussehen wie Geldautomaten«, fuhr Massie fort. »Steck deine Schülerkennkarte hinein und dein Stundenplan wird herauskommen. Das Café befindet sich auf der linken Seite, genau wie die Sporthalle, die Tanzstudios, der Pool und der Spa. Auf der rechten Seite befinden sich die Klassenzimmer der siebten Klasse und die Lounge der Lehrer. Wenn du nach Hause mitfahren willst, triff uns hier um genau 15 Uhr 25. Wenn du nicht hier bist, nehmen wir an, dass du es vorziehst, zu laufen.«

OCTAVIAN COUNTRY DAY SCHOOL
STARBUCKS CAFÉ

11 Uhr 25
2. September

Die zweite Stunde war gerade zu Ende und die Mädchen trafen sich in der kurzen Pause im neu renovierten Café innerhalb des Campus auf einen Chai Latte, wie hier der trendige Milchtee genannt wurde. Das Café war hübsch eingerichtet mit Kirschholzverkleidung und Kupferornamenten. Kristen ging vorsichtig mit ihrem heißen Chai Latte zu Massie, Dylan und Alicia. Die drei lehnten bereits mit ihren Getränken an der hinteren Wand, die von einem großen Gemälde verziert wurde, auf dem Berühmtheiten der Weltgeschichte zu sehen waren.

Das Kichern von beflissen wirkenden Mädchen, die in verschiedenfarbige Juicy-Trainingsanzüge gekleidet waren, kam näher.

»Seht mal, die Mathleten«, sagte Massie. »Kopf hoch, Mädels, endlich hat die Schule wieder begonnen.«

Die so Angesprochenen wussten, dass es sinnlos war, darauf zu antworten.

Alicia beugte sich zu ihren Freundinnen und flüsterte: »Ich glaube, Jena Drezner trägt versehentlich das Shirt ihres Hundes. Seht mal.« Sie deutete in Richtung Jena. »Es geht ihr nicht mal über die Rippen.«

»Hi Leute«, rief Jena. »Wie war euer Sommer? Ihr seht alle so unglaublich gut aus, ganz wie immer. Hey Massie, ich ha-

be gehört, du nimmst dieses neue Mädchen unter deine Fittiche.«
»Was?«, fragte Massie.
»Ja, jeder sagt, du hast eine neue beste Freundin «, führte Jena aus. »Ich habe gehofft, ich könnte sie kennen lernen. Es ist eine Weile her, seit wir eine echte ›fashion don't‹ hier hatten. Ich habe fast vergessen, wie so jemand aussieht. Aber wenn irgendjemand dieses modische Desaster in Form bringen kann, dann bist du es.«
»Überprüfe mal deine Quelle, Jena. Wenn ich tatsächlich eine neue beste Freundin hätte, dann wäre sie jetzt auch hier.« Massie verdrehte die Augen und nahm einen Schluck von ihrem Chai Latte.
Als Jena weitergegangen war, beugte Massie sich näher zu ihren Freundinnen und flüsterte: »Ich habe gehört, sie hat in diesem Sommer im Camp ins Bett gemacht.«
»Das habe ich auch gehört«, bestätigte Alicia.
»Tja, Pech für dich, dass ich es zuerst gesagt habe, also bekomme ich zwei Klatschpunkte«, sagte Massie.
Aber Massie hatte aus ihrer Begegnung mit Jena mehr Nutzen gezogen, als nur ein paar Punkte zu bekommen. Sie war rechtzeitig darauf aufmerksam gemacht worden, dass man über sie und Claire redete.
»Mein gesellschaftliches Leben ist in einem Notzustand«, stellte Massie mit einem Seufzer fest.
»Du willst dich doch nicht wirklich mit Claire anfreunden«, sagte Alicia, »oder?«
»Klar doch«, erwiderte Massie. »Ich lass dich fallen und bring sie groß raus.«
»Ist das dein Ernst?«, fragte Alicia und ihr Lächeln schwand. Ein Ausdruck puren Entsetzens machte sich stattdessen breit.

»Etwa, weil ich gestern unsere Shopping-Tour nicht dir zuliebe absagen wollte? Ich hatte doch nur Spaß gemacht.«

»Ich weiß, ich eben auch«, sagte Massie.

Sie sah, wie Alicia die Arme vor der Brust verschränkte, als fröstele sie, aber Massie wusste, dass sie ihre Brüste versteckte. Das tat Alicia immer, wenn sie nervös wurde.

»Burberry-Mütze«, verkündete Massie. Sie deutete auf eine Siebtklässlerin, die einen Hut in diesem auffälligen Karomuster trug. »Kein Schlag zurück.« Massie schlug Kristen so fest auf den Arm, wie sie konnte.

»Auuutsch!«, schrie Kristen auf. Ihre Bücher fielen zu Boden und der beinahe kochend heiße Chai Latte spritzte über ihre Brust und ihren linken Arm.

Die vier Freudinnen spielten dieses schmerzhafte Spiel schon seit Jahren: Die erste von ihnen, die jemanden entdeckte, der irgendetwas von Burberry trug, durfte jeder Beliebigen aus der Clique einen Schlag verpassen, und zwar so heftig, wie sie wollte.

Massie hörte das vertraute Quietschen von Gummisohlen auf dem Boden. Ihr ganzer Körper versteifte sich. Dieses Quietschen bedeutete, dass Claire und ihre Turnschuhe näher kamen.

»Kristen, alles in Ordnung mit dir?«, fragte Claire.

»Ihr geht es bestens. Wir machen das ständig. Siehst du?« Massie deutete auf Kristen, die sich zu einem Lächeln zwang.

»Sei immer vorbereitet«, verkündete Kristen. Sie holte ein zweites T-Shirt aus ihrer Tasche, als zöge sie ein Taschentuch aus einer Schachtel. Mit dem Saum des fleckigen T-Shirts, das sie noch trug, tupfte sie ihre Bücher trocken.

Massie konnte nicht fassen, dass Claire immer noch bei ihnen stand. »Claire, habe ich dich vielleicht gebeten für mich Modell zu stehen?«, fragte Massie, den Kopf auf die Seite gelegt und die Arme verschränkt.

»Wie? Nein, natürlich nicht«, antwortete Claire.

»Und warum stehst du dann immer noch da wie angegossen?«, sagte Massie zwischen den Zähnen hindurch.

Alle lachten bis auf Claire. Ihre Unterlippe zitterte.

Das durchdringende Geräusch des Schulgongs ließ alle zusammenzucken und mit einem Mal machte sich jeder auf den Weg.

»Muss los«, sagte Dylan und raste zu ihrer Englischstunde.

»Habe ich noch Zeit, mir vor dem zweiten Läuten den Chai abzuwaschen?«, fragte Kristen.

»Ja, geh nur. Ich halte dir einen Platz frei«, antwortete Alicia.

»Ich beeil mich«, rief Kristen.

»Sie weiß gar nicht, wie man sich beeilt«, witzelte Massie.

»Warum sollte man sich auch wegen einer Kunststunde abhetzen?«, fragte Alicia spöttisch.

»Ich habe jetzt auch Kunst! Ist dein Lehrer Vince . . . ?« Claire wurde unterbrochen.

»Du solltest lieber gleich los, Alicia«, sagte Massie, während sie Claire direkt ins Gesicht sah.

Alicia verschwand.

Massie und Claire standen einander alleine gegenüber. Der Raum war plötzlich leise und leer. Massie wurde klar, dass dies erst das zweite Mal war, dass sie Claire geradewegs ins Gesicht sah. Sie war auf eine einfache Art hübsch und Massie dachte unwillkürlich, dass sie mit einer neuen Garderobe, ein wenig Mascara und einem längeren Pony vielleicht sogar eigene Freundinnen gewinnen könnte.

»Ich verstehe nicht, warum du mich so sehr hasst.« Claires Stimme zitterte.
»Claire, das hier ist nicht der Film *Clueless,* okay?«, fuhr Massie sie an. »Warum suchst du dir nicht einfach deine eigenen Freundinnen und verehrst mich von weitem wie alle anderen?«
Claires babyblaue Augen wurden vor Ungläubigkeit groß und sie ließ ein nervöses Kichern hören.
»Ich wohne praktisch mit dir zusammen, Massie«, stellte sie fest. »Ich kann nicht einfach weggehen, egal, wie sehr du mich weghaben möchtest.«
»Du kennst mich offensichtlich noch nicht«, erwiderte Massie.
Claire schob die Reihe von Armbändern an ihrem Handgelenk den Arm hinauf. Sie sah aus, als rolle sie die Ärmel vor einem Faustkampf hoch.
»Weißt du«, sagte sie dann, »eigentlich müsstest du ununterbrochen meckern.«
»Was?« Massie war nun doch verblüfft.
»Ja, weil du dich nämlich benimmst wie eine richtige Zicke!«, erklärte Claire und ging dann weiter, bevor Massie noch Zeit hatte, zu antworten.
Arme Claire, dachte Massie. In ihrer Welt war das wahrscheinlich clever.
Aber in Massies Welt war es ein großer Fehler.

MASSIE: CLAIRE HAT UNS GERADE ZICKEN GENANNT
DYLAN: ???
DYLAN: WIE GEMEIN. HAT UNS JA GERADE ERST KENNEN GELERNT
MASSIE: ICH BIN DAFÜR, DASS SIE VERSCHWINDET

ALICIA: OK ☺
DYLAN: OK ☺
KRISEN: UND OK ☺

Massie klappte ihr Handy wieder zu und lächelte. Sie wusste, nun würden ihre Freundinnen den größten Teil der Schmutzarbeit erledigen, und genau das wollte sie. So wäre sie »unschuldig«, wenn ihre Mutter und ihr Gewissen sich wegen dem, was Claire bald zustoßen würde, bei ihr meldeten.

OCTAVIAN COUNTRY DAY SCHOOL
KUNSTUNTERRICHT

11 Uhr 40
2. September

Als Claire schließlich im Klassenzimmer ankam, hatten alle außer ihr bereits einen Platz.

Vasen voller bunter Blumen standen auf den Fensterbrettern und gefüllte Obstschalen im Regal an der hinteren Wand. Oberlichter ermöglichten der Sonne den Raum in helles Licht zu tauchen, was eine einladende und fröhliche Atmosphäre erzeugte.

»Du siehst verwirrt aus, meine Liebe. Wie heißt du?«, fragte ein großer, dünner Mann in einem blauen Malerkittel, auf dem stand: »Don't Mess with Perfection.«

Die ganze Klasse starrte Claire an.

»Ich bin nicht verwirrt, ich suche nur nach einem Platz«, antwortete Claire. Sie merkte, wie sie rot anlief.

»Und du bist?« Er tappte ungeduldig mit dem Fuß, während er auf eine Antwort wartete.

»Mein Name ist Claire.«

»Hallo Claire. Ich bin Vincent. Meine Vorlieben sind Swing und die üblichen Fernsehserien. Was ich nicht mag . . . lass mich mal nachdenken . . . hmmm . . . oh, ich weiß . . . Zuspätkommen!«, beendete er den Satz lautstark. »Also, wenn du dich bitte einfach auf diesen Platz dort am Fenster setzen würdest, wäre ich dir äußerst dankbar.«

Der besagte Platz war neben Alicia, deren Vintage-Leder-

jacke bereits über dem freien Stuhl hing, um Neuankömmlinge abzuschrecken.
»Dies ist nicht die Umkleidekabine bei Prada, Ms Rivera«, sagte Vincent. Er wedelte mit der Hand, als wolle er eine Fliege verscheuchen.
Claire bahnte sich langsam einen Weg durch den Irrgarten von Staffeleien und Stühlen und überflog den Raum, um zu sehen, ob es nicht vielleicht noch einen anderen Platz für sie gab. Alicia schüttelte nachdrücklich den Kopf, um Claire davon abzuhalten, noch näher zu kommen. Claire konnte jedoch nur mit den Schultern zucken und hoffte, Alicia verstand, dass sie keine andere Wahl hatte.
Alicias manikürter Zeigefinger deutete auf den leeren Stuhl genau vor Vincents Pult, aber dafür war es nun schon zu spät.
»Claire, ich habe Farbe schneller trocknen sehen«, trieb Vincent sie an. »Hopp, hopp.«
Er stemmte die Hände in die Hüften und legte den Kopf zur Seite, als wolle er gleich eine weitere Bemerkung loswerden. Doch da ging die Tür auf und seine Aufmerksamkeit wurde abgelenkt.
Die ganze Klasse drehte sich der neuesten Unterbrechung zu, während Claire die Gelegenheit nutzte, sich auf ihren Platz zu setzen.
Kristen stand schwer atmend vorne im Zimmer. Ihr Haar war zur Hälfte aus dem Pferdeschwanz geschlüpft und sie sah völlig abgehetzt aus.
»Tut mir Leid, Vincent, ich war noch im Waschraum«, entschuldigte sich Kristen.
»Noch ein weiteres Zuspätkommen, Ms Gregory, und ich werde persönlich Ihr herrliches blondes Haar abschneiden und es zu Pinseln verarbeiten.«

Claire war die Einzige, die bei dieser Drohung spontan lachen musste. Vincents schmales, spitzes Gesicht wurde weicher, als er sie kichern hörte, und das Aufblitzen seiner Augen zeigte, wie dankbar er war, dass endlich wenigstens eine der Schülerinnen seinen Humor verstanden hatte.

Kristen wickelte die losen Haarsträhnen um ihre Finger und warf Alicia einen verblüfften Blick zu.

»Wo ist mein Platz?« Sie traute sich die Frage nur lautlos mit den Lippen zu formen.

Alicia deutete auf Vincent und signalisierte mittels Armbewegungen, dass sie nichts gegen Claire hatte machen können.

»Sieht so aus, als wäre der einzige freie Platz hier«, stellte Vincent fest und klopfte auf den leeren Stuhl vor seinem Pult.

Claire suchte verzweifelt an ihren Fingernägeln nach einem Stück zum Knabbern, aber es war nichts mehr übrig.

Vincent zog eine Eieruhr aus seiner Jackentasche und stellte den Timer auf fünfzehn Minuten. Dann tänzelte er zu dem Podest in der Mitte des Zimmers und fasste die Ecke des Tuches, das darüber lag. Mit einer schnellen Handbewegung zog er es fort und enthüllte drei knallrote Tomaten in einer Schüssel.

»Ihr habt genau fünfzehn Minuten, um ein Stillleben mit dem Titel ›Reife Strauchtomaten‹ zu zeichnen«, erklärte er feierlich. »Und jetzt los.«

Es war still im Raum bis auf das gelegentliche Geräusch von Pinseln, die in Wasser getaucht und dann gegen den Rand des Wasserglases geklopft wurden.

Vincent ging die Gänge auf und ab und betrachtete alle Arbeiten mit dem prüfenden Blick eines Kunstkritikers. Seine tickende Eieruhr erinnerte Claire an Captain Hook aus Peter Pan. Sie fand es schwer, sich zu konzentrieren.

Anscheinend war Alicia ebenfalls abgelenkt, denn sie sah sich nervös im Raum um. Während Vincent Bemerkungen über den »unregelmäßigen Pinselstrich« einer Schülerin machte, drehte sie sich zu Claire.

»Kann ich etwas von deinem Rot haben? Meines ist ein wenig klumpig«, bat sie.

»Klar«, antwortete Claire.

Alicia beugte sich vor und tauchte ihren Pinsel ein. Sie verlor dabei die Balance und war gezwungen sich an Claire festzuhalten, damit sie nicht stürzte.

»Entschuldigung.« Alicia sah leicht verlegen aus.

»Alles in Ordnung mit dir?«, fragte Claire.

»Ja, danke.«

»Probleme, meine Damen?«, fragte Vincent.

»Nein«, antworteten die beiden wie aus einem Munde.

Claire wandte sich wieder ihrem Stillleben zu.

»Noch vier Minuten«, verkündete Vincent.

Alicia brach in lautes Lachen aus.

»Habe ich gestern Abend etwas Lustiges im Fernsehen verpasst, Ms Rivera?«, fragte Vincent.

»Nein, Vincent, Entschuldigung. Ich glaube, der Geruch der Farbe steigt mir in den Kopf. Darf ich mich einen Moment setzen?«

»Meinetwegen«, sagte Vincent, während er fast zärtlich eine der Modelltomaten mit seinem Ärmel polierte.

Claire beeilte sich ihre dritte Tomate zu beenden, doch sie wurde von einem Geräusch abgelenkt. Das schwache Klicken einer Tastatur drang an ihr Ohr und erinnerte sie an die entsetzliche Fahrt von heute Morgen zur Schule. Die Clique simste schon wieder über sie.

KRISTEN: ?
ALICIA: •
KRISTEN: ???
ALICIA: •
KRISTEN: ???!!!
ALICIA: • = CLAIRE HAT IHRE PERIODE BEKOMMEN

Als Kristen diese letzte Nachricht erhielt, reckte sie den Hals, um einen Blick auf Claire zu werfen. Und tatsächlich, ein großer roter Fleck war auf der Rückseite von Claires weißer Jeans zu sehen. Alicia hielt einen Pinsel hoch, der in rote Farbe getaucht war, und wedelte damit in der Luft. Kristen legte die Hand über den Mund, aber das konnte ihr Lachen auch nicht aufhalten.

Als die Kunststunde vorbei war, stand Claire auf und ging zur Tür. Jedes Mädchen, an dem sie vorbeikam, kicherte los. Claire fuhr sich mit der Hand über die Nase, doch sie konnte nichts Ungewöhnliches finden. Sie fuhr sich über ihren Pony, ob er irgendwie komisch abstand. Doch die anderen Schülerinnen kicherten immer noch. Claire war schon fast aus der Tür, als Vincent sie aufhielt.

»Claire, kannst du bitte noch einen Moment hier bleiben«, sagte er.

Na toll, dachte Claire.

Cream-colored ponies and crisp apple strudels

»Wie bitte, meine Liebe?«, fragte Vincent.

»Nichts«, antwortete Claire. Sie hatte gar nicht gemerkt, dass sie diesmal laut gesungen hatte.

Vincent kritzelte etwas auf ein kleines weißes Blatt und Claire fand, dass er aussah wie ein Arzt, der gerade ein Rezept ausschrieb.

»Ich möchte, dass du sofort zur Krankenschwester gehst«, sagte er. »Nimm diesen Zettel mit, dadurch bist du entschuldigt, wenn du zu spät zu deiner nächsten Stunde kommst.«

»Warum? Was ist denn?«, fragte Claire.

»Ich möchte lieber, dass die Schwester sich darum kümmert. Und jetzt los«, befahl er.

Claire stand da und starrte ihn an.

»Los!«

Claire raste aus dem Zimmer, doch sie hatte keine Ahnung, wohin sie sollte. In all der Verwirrung hatte sie vergessen zu fragen, wo sich die Krankenstation befand.

Alicia und Kristen waren ein Stück weiter auf dem Flur. Alicia hatte sich so normal, sogar fast nett verhalten, als sie die Farbe geborgt hatte. Vielleicht konnte Claire ja die beiden fragen.

»Hey, könntet ihr mir vielleicht sagen, wo ich die Krankenschwester finde?« Claire versuchte richtig verzweifelt zu klingen. Hoffentlich gelang es ihr, den Eindruck zu erwecken, als ob ihr Blinddarm kurz vor dem Platzen war oder sie dringend Hilfe für einen Lehrer holen musste, der im Sterben lag. Dann würden Alicia und Kristen ihr vielleicht weiterhelfen, ohne sich noch wegen des Platzes zu beschweren.

»Oh mein Gott, klar. Geh einfach die Treppe runter, gleich nach rechts und dann den Flur entlang, ganz bis zum Ende. Das Schwesternzimmer ist die letzte Tür links.« Kristen deutete in die angegebene Richtung.

Claire spürte einen Hauch von Erleichterung. Ihre dramatische Bitte hatte geholfen.
»Verstanden, danke.« Claire raste zur Treppe, als sei sie Dr. Susan Lewis aus *Emergency Room.*
Sobald Claire außer Sicht von Kristen und Alicia war, ging sie langsamer. Doch wo immer sie hinkam, schien ihr eigenartigerweise Geflüster zu folgen.
Auf dem Weg die Treppe hinunter spürte sie, wie etwas sie am Po traf. Sofort dachte sie an ihren Bruder und seine Rosinen. Noch zwei weitere Objekte trafen ihren Rücken, doch sie blieb nicht stehen. Hinter ihr kamen viele andere Schülerinnen, da konnte sie ja nicht einfach stehen bleiben.
Der Keller war nur schwach beleuchtet und völlig verlassen. Er roch nach Chemikalien. Sie klopfte leise an der Tür und wartete auf eine Antwort.
»Hallo?«, rief Claire, als sie hineinspähte. Der Raum war dunkel bis auf ein rotes Licht, das in der Ecke leuchtete.
»Tür zu!«, schrie jemand.
»Ich suche die Krankenschwester«, sagte Claire.
»Das ist die Dunkelkammer!«, antwortete jemand deutlich aufgebracht. »Die Schwester ist im Erdgeschoss, neben dem Kunstraum.«
»Danke. Entschuldigung.« Claire schloss die Tür und eilte zurück zur Treppe. Auf ihrem Rückweg entdeckte sie drei Tampons, die völlig zerquetscht auf dem Boden lagen. Die waren wohl jemandem aus einer zu kleinen Louis-Vuitton-Tasche gefallen.
»Tja, Kristen, tolle Idee, dem neuen Mädchen die falsche Richtung zu zeigen! Du bist echt clever. Aber warte mal, ich war wohl etwas voreilig. Wahrscheinlich war es Massie, die dich darauf gebracht hat. Ich habe ganz vergessen, dass du

zu blöde bist, um auch mal selbst auf etwas kommen, oder?«, murrte Claire vor sich hin. Sie stieg die Treppe hoch und ging wieder den Flur entlang zurück, wo sie hergekommen war.

Die Krankenstation roch nach Desinfektionsmittel, trotz der Vase mit frischen rosa Rosen auf der Empfangstheke.

»Hallo, meine Liebe, kann ich dir helfen?«, fragte eine Frau mittleren Alters. Ihre Stimme war beruhigend und weich.

»Ich muss zur Schwester.« Claire stiegen die Tränen in die Augen, als sie sich selbst diese Worte sagen hörte. Die Ereignisse des Morgens hatten inzwischen doch an ihren Nerven gezehrt.

»Ich bin die Schwester. Mein Name ist Adele.« Sie hob ihren Zeigefinger und deutete auf den Namen, der auf ihren Kittel gestickt war.

Adele hatte schulterlanges braunes Haar und sanfte grüne Augen. Sie sah so freundlich und tröstend aus wie Mütter in den weichen, kitschigen Rückblicken in Kinofilmen.

»Setz dich und sag mir, wo es wehtut.«

»Eigentlich fehlt mir gar nichts. Ehrlich. Ich weiß nicht einmal, warum ich hier bin.« Claire versuchte sich zu einem Lächeln zu zwingen. »Vincent sagte mir nur, ich solle hierher gehen, aber er sagte mir nicht, warum.«

»Claire, würdest du bitte mal für mich aufstehen?« Die Schwester sprach ganz ruhig und voller Zuversicht, wie ein Detektiv, der sich kurz vor der Aufklärung seines Falles befand.

Claire stand langsam auf.

»Genau wie ich mir dachte, du hast deine Periode bekommen«, sagte Adele.

»Nein, unmöglich!«, widersprach Claire.

»Sieh dir doch nur die Rückseite deiner Jeans an.« Adele öffnete ihren Schreibtisch, zog einen großen Handspiegel heraus und reichte ihn Claire.
»Unmöglich!«
»Das ist völlig natürlich, Liebes, und nichts, weshalb man sich schämen müsste. Ich werde dir ein paar Broschüren über Menstruation geben und hol dir eine neue Hose aus dem Fundstückefundus«, sagte Adele. »Bin gleich wieder da.«
Claire wusste, dass das Ganze unmöglich war. Sie hatte noch nicht einmal Brüste. Auf keinen Fall konnte sie ihre Periode bekommen haben. Sie rieb mit dem Zeigefinger über den roten Fleck auf ihrer Hose und merkte, dass es Farbe war. Sie dachte fieberhaft nach und ihr fiel ein, wie Alicia während ihrer Kunststunde mit ihr zusammengestoßen war. *Wow*, dachte sie, *was Massie will, das bekommt sie auch!* Sie ließ die Szene in Gedanken noch einmal vor sich ablaufen und danach war sie so beschämt, dass sie gar nicht mehr klar denken konnte.
Adele schob einen Garderobenständer voller Designerkleidung durch die Tür.
»Das sind unsere Fundstücke. Keine Sorge, alles ist gereinigt«, erklärte sie. »Nimm dir einfach, was dir gefällt.«
»Im Ernst?«, fragte Claire.
»Ja, warum denn nicht. Die Mädchen an dieser Schule suchen wohl kaum nach verlorenen Kleidungsstücken vom letzten Jahr.«
»Ehrlich?« Claires blaue Augen wurden groß. »Ich müsste jahrelang sparen, um mir auch nur eines von den Outfits auf dem Ständer leisten zu können.«
»Du kannst so viel haben, wie du willst.« Adele lächelte. »Die erste Periode muss gefeiert werden.«

Claire merkte, wie Adele sie beobachtete, während sie die Reihe mit Seven-Jeans durchsah, mit Denim-Miniröcken, Satinjäckchen, Kaschmirpullis, Wildleder-Blazern und Lederhosen.

»Bist du neu hier, Claire?«, fragte Adele.

»Ist das so offensichtlich?«

»Ein wenig«, sagte Adele. »Aber auf angenehme Weise.«

Claire war sich nicht ganz sicher, was Adele damit meinte, aber sie freute sich über das Kompliment. Sie war mehr als dankbar für ein wenig Freundlichkeit.

Claire bedankte sich bei der Schwester mit einer Umarmung und versprach, sie bald wieder zu besuchen.

Als Claire aus der Krankenstation kam, sah sie aus, als gehöre sie an die OCD. Sie trug ein kamelfarbenes Kaschmir-Tanktop, dunkle Denim-Flair-Jeans und ein Paar spitze Steve-Madden-Stiefel. Sie verspürte ein klein wenig Gewissensbisse, die weiße Jeans wegzuwerfen, die bisher ihre Lieblingshose gewesen war, aber andererseits war sie sowieso ruiniert.

Claire marschierte geradewegs ins Café, die Zehen in den neuen Stiefeln zusammengequetscht und den Kopf hoch erhoben.

OCTAVIAN COUNTRY DAY SCHOOL
DAS CAFÉ

12 Uhr 26
2. September

Gleich würde Massie den anderen aus der Clique ihre tolle Neuigkeit mitteilen. Sie wartete noch geduldig, bis erstens Dylan die dicke Folie von ihrem Zone-Diätessen geschält und an der blassen, gebackenen Hühnchenbrust geschnüffelt hatte; zweitens Alicia die Ecken von einigen Senftütchen abgebissen hatte, um den Senf auf ihren vegetarischen Burger zu schmieren; und drittens Kristen eine Banane in eine Styroportasse mit Frozen Jogurt getunkt hatte.

Als schließlich alle so weit waren, stützte Massie sich auf ihre Ellbogen, beugte sich nach vorne und nahm die »Klatschhaltung« ein. Die anderen schoben ihr Essen zur Seite und machten es ihr nach.

Sobald der Kreis perfekt war, legte Massie los.

»Ich erwarte ein Minimum von zwanzig Punkten für das, was ich jetzt erzählen werde«, kündigte sie an.

»Was?«, riefen sie alle aus.

»Ich habe am Samstag eine Verabredung mit einem Jungen von Briarwood«, gab sie bekannt. Die Gesichter ihrer Freundinnen hellten sich auf und Massie wusste, dass es nicht mehr darauf ankam, ob sie bei der Shopping-Tour am Labor Day dabei gewesen war oder nicht. Sie war immer noch die Königin der Glamour-Clique.

»Warum hast du uns das denn nicht schon im Auto erzählt?«, fragte Alicia.
»Weil ich nicht wollte, dass Claire es mitbekommt.« Massie hob kurz den Kopf und überflog die Cafeteria.
»Wann hast du ihn denn getroffen?«, fragte Kristen.
»Gestern beim Reiten«, erklärte Massie.
»Als du krank warst?«, fragte Alicia überrascht.
»Ich war nicht den ganzen Tag krank.«
»Oh«, stieß Alicia hervor.
»Am Nachmittag ging es mir schon besser.« Massie griff nach ihrem Haar und drehte es zu einem Knoten. Dann nahm sie mit der anderen Hand die Essstäbchen, die sie zu ihren scharfen Thunfischröllchen bekommen hatte, und steckte den Knoten damit fest. Aufgeregt fuhr sie fort.
»Er ist ungefähr fünfzehn, hinreißend und hat sein eigenes Pferd«, erzählte sie.
»Klingt ja perfekt«, stieß Kristen hervor. »Er könnte der Traumprinz sein.«
Alicia nickte. »Erzähl uns alles. Jede Kleinigkeit.«
Und das tat Massie.

OCTAVIAN COUNTRY DAY SCHOOL
DAS CAFÉ

12 Uhr 30
2. September

Obwohl Claire null Appetit hatte, schob sie ein orangefarbenes Plastiktablett über die Metallstäbe der Ablage vor der Lebensmitteltheke. Nur so konnte sie sich einreihen, während sie die Show verfolgte, die sich ihr zur Mittagspause bot. Sie kam an Sushi-Platten, Tofu-Steaks, Rohkost und einer farbenfrohen »Stell dir deinen eigenen Salat zusammen«-Abteilung vorbei, doch nichts davon reizte sie. Sie war zu sehr damit beschäftigt, die anderen Mädchen zu mustern. Es war nicht nötig, in Westchester aufgewachsen zu sein, um zu wissen, dass der Tisch, den sie jetzt auswählte, sie für ihr Leben kennzeichnen würde.

»Ist das dann alles?«, fragte die Kassiererin.

Ein Mädchen in der Schlange hinter Claire kicherte los.

Claire blickte auf ihr Tablett und merkte, dass es immer noch leer war. Sie griff in die Box neben der Kasse und zog eine Stange Toblerone heraus.

»Endlich ein Mädchen hier, das Schokolade isst«, sagte die Kassiererin. »Wie erfrischend.«

Claire lächelte und fragte sich, ob es wirklich möglich war, an einer Schule zu sein, wo keiner Junkfood aß.

Aber anscheinend war es so. Auf jedem Tisch standen Flaschen mit Glaceau-Wasser. Selbst wenn Claire eine Flasche davon hätte bestellen wollen, sie hätte nicht gewusst, wie sie es aussprechen musste. Sie reckte leicht den Hals, um zu sehen, was Massie aß, aber sie konnte es nicht erkennen.

Massie saß in der anderen Ecke der Cafeteria, zusammen mit Alicia, Dylan und Kristen. Es war der einzige Vierertisch im Café. Alle anderen Tische waren für mindestens sechs Personen ausgerichtet. Die Köpfe eng zusammengesteckt, saßen die vier Glamour-Girls da und Claire nahm an, sie erzählten sich den Insider-Klatsch. Alle paar Sekunden ertönte ein Lachen am Tisch und dann reckte eines der Mädchen den Kopf, um sich schnell umzusehen, als wolle es sichergehen, dass niemand mitgehört hatte. Die anderen Mädchen in der Cafeteria schienen von diesem Tisch geradezu magisch angezogen zu werden. In nur fünf Minuten hatten sich mindestens vier verschiedene Möchtegern-Freundinnen genähert, alle mit einem eifrig bemühten Lächeln. Jedes Mädchen blieb kurz stehen, doch in dem Augenblick, in dem es sich entfernte, steckten Alicia, Dylan, Kristen und Massie wieder die Köpfe zusammen, redeten und kicherten. Und das wahrscheinlich über genau die Mädchen, die gerade bei ihnen stehen geblieben waren.

Claire wusste, ein Platz an diesem Tisch würde ihr eine viel versprechende Zukunft an der OCD garantieren, doch angesichts des Vormittags, den sie hinter sich hatte, machte sie sich da keine Hoffnungen. Es würde niemals passieren.

Nicht jeder Tisch machte einen so exklusiven Eindruck wie Massies, es gab aber auch keinen, der so reizvoll wirkte. Ein paar stark geschminkte Mädchen sahen aus, als ob jemand aus der Adams Family für ihr Make-up zuständig wäre. Die Mädchen einer anderen Gruppe waren so erschreckend dünn, dass sie den mit Lippenstift verschmierten Strohhalmen ähnelten, die in ihren Diätcola-Dosen steckten. Drei

Mädchen, die wohl Wrestler waren, zerschlugen am Tisch neben der Toilette Milchkartons. Claire wollte schon ein Foto von ihnen machen, da erregte plötzlich ein Blitzlicht, das von einem der mittleren Tische kam, ihre Aufmerksamkeit. Unmittelbar danach erfüllte Gelächter das Café. Claire überlegte, ob sie zu diesen lachenden Mädchen gehen und versuchen sollte sich zu ihnen zu setzen. Wäre dies ein strategisch geschickter Zug? Vielleicht nicht. Aber zumindest hätte sie endlich ein wenig Spaß.

Claire griff in die Handy-Tasche ihres Rucksacks (in der sich Make-up und Kaugummis befanden, denn ein Telefon kam nicht in Frage, bevor sie sechzehn war) und zog ihren Lipgloss heraus. Sie trug zwei Schichten auf und steuerte dann die lachende Gruppe an.

»Entschuldigung. Ist das eine PowerShot S100 digital ELPH?«

Drei Gesichter wandten sich Claire gleichzeitig zu. Sie lächelten immer noch über das, was wohl eben passiert war, bevor Claire sie unterbrochen hatte.

»Ja, ich hab sie gerade zum Geburtstag bekommen«, sagte das Mädchen, das fotografiert hatte. Ihr Haar war in sieben Zöpfe geflochten. Sie trug ausgeblichene Jeans mit Hosenträgern und ein rosafarbenes Tanktop.

»Das ist ja witzig, ich habe nämlich genau die gleiche.« Claire tastete in ihrem Rucksack danach. »Ich nehme sie überallhin mit.« Sie hielt die winzige silberne Kamera in der Hand, als wäre sie ein kleiner Vogel.

Die zwei anderen Mädchen am Tisch hatten Tattoos aus winzigen Schmucksteinen auf ihren Oberarmen. Eine hatte einen blauen Schmetterling und die andere ein rosa Herz.

»Sind die echt?« Claire deutete auf die Schmucksteine und

lächelte. Die Mädchen sollten merken, dass sie nur Spaß machte. Doch es nützte nichts.
»Nein«, antwortete das Mädchen mit dem Schmetterling. »Wir haben sie für einen Dollar 20 in der Drogerie gekauft.«
»Tja, hier weiß man ja nie«, sagte Claire. »Ich wäre nicht überrascht, wenn diese Picassos da echt wären.« Sie deutete auf die Gemälde in den Glaskästen an der Wand.
»Sind sie«, erwiderte das Mädchen mit dem rosa Herz.
Das Mädchen mit dem Schmetterling trug eine rote Cordhose und ein T-Shirt mit einem Teufel darauf, darunter stand DADDY'S LITTLE GIRL. Die mit dem Herzen war in blau-weiß gestreifte Jeans gekleidet, dazu trug sie ein schwarzes FCUK-T-Shirt. Beide hatten gelbe, grüne und orangefarbene Strähnen im Haar. Claire wusste, dass das Haarmascara war, denn eine Menge Mädchen an ihrer alten Schule hatte sich die Haare ebenfalls so getönt.
Claire konnte Massies eisigen Blick durch den ganzen Raum spüren. Sie tat ihr Bestes, um das zu ignorieren, und versuchte stattdessen so auszusehen, als schließe sie eben Freundschaft.
»Worüber habt ihr denn gerade so gelacht?«, fragte Claire.
Das Mädchen mit der Kamera sah ihre Freundinnen an, als wolle sie deren Erlaubnis einholen, bevor sie es erläuterte.
»Hast du Vincent in Kunst?«, fragte sie.
»Ja.«
»Also, wir haben Bilder von uns gemacht, wie wir seine verschiedenen Gesichtsausdrücke nachahmen«, erklärte das Mädchen. Sie drückte auf einen Knopf hinten an der Kamera und suchte in den Bildern, die sie bereits geschossen hatte. Dann hielt sie Claire das winzige Display hin.
»Hier ist Meena, wie sie ›Du kommst zu spät!‹ nachmacht,

und das ist eines von Heather, ›Verliebt in eine Blumenvase‹.«
Claire musste laut lachen.
»Möchtest du es auch versuchen?«, fragte das Mädchen.
»Also gut, zeig mir ›Hilflos‹.«
Claire steckte das, was von ihren Fingernägeln noch übrig war, in den Mund und zog die Mundwinkel zum Kinn. Dadurch standen die Venen an ihrem Hals heraus. Sie öffnete die Augen, so weit sie konnte, und ließ beide Pupillen nach rechts schielen, als hätte sie gerade ein Furcht einflößendes Geräusch gehört.
Der Blitz ging los und die Mädchen brachen in lautes Gelächter aus. Die mit dem FCUK-T-Shirt lachte so sehr, dass sogar ein wenig Milch aus ihrer Nase tropfte.
Claire warf einen kurzen Blick ins Café, um zu sehen, ob Massie sie noch beobachtete. Natürlich!
»Mein Name ist Layne«, sagte das Mädchen mit der Kamera. Claire fand, sie sah aus wie eine weibliche Version von Tom Cruise mit ihrer ziemlich großen Nase, den grünen Augen und dem schiefen Lächeln. Das verrückt geflochtene Haar schien das Einzige zu sein, was einer Karriere als seine Doppelgängerin im Wege stand.
»Das sind Heather und Meena«, stellte Layne vor.
»Hi.« Heather lächelte.
»Hi.« Meena lächelte ebenfalls.
»Ich bin Claire.«
»Bist du nicht mit Massie befreundet?«, fragte Heather.
Bevor Claire antwortete, schaute sie zu Massie, die sie jetzt glücklicherweise nicht mehr beobachtete.
»Ähm, ja, stimmt«, sagte sie leise. »Woher weißt du denn das?«

»Ich dachte, ich hätte dich heute Morgen mit ihr gesehen. Und du bist wie eine reine Massie-istin gekleidet.«
Claire war froh, dass sie nicht mehr die Kleidung von heute Morgen trug, sonst hätte niemand ihr geglaubt. Und Heather schien Claires plötzliche Verwandlung zum Glück nicht bemerkt zu haben.
»Ähm, ja, weil ich neu hier bin, versuche ich möglichst viele Leute kennen zu lernen. Massie war am Anfang ein wenig sauer, weil sie Angst hatte, ich würde sie dafür fallen lassen . . .«
»Das hat sie dir gesagt?«, fragte Layne.
»Nicht direkt.« Claire biss sich auf die Lippe. »Sie hat es in einer E-Mail geschrieben.«
»Wahnsinn«, entfuhr es Meena. »Was genau hat sie denn geschrieben?«
Heather warf einen Blick auf ihre Uhr und stieß ein lautes Jammern aus. »Meena, wir müssen Lulu für die Nähstunde treffen«, sagte sie.
»Ich fasse es nicht, dass wir gehen müssen, wenn der Massie-Klatsch gerade anfängt«, beschwerte sich Meena.
»Keine Sorge. Ich habe jede Menge Massie-Geschichten. Ich erzähle euch das nächste Mal mehr«, versicherte Claire.
»Versprochen?«, fragte Meena.
»Versprochen.« Claire hob die Hand, als stünde sie unter Eid. Okay, es war vielleicht nicht die ganze Wahrheit. Aber besser eine Lügnerin als eine Loserin, oder?
Jetzt, nachdem die beiden Mädchen gegangen waren, merkte Claire, dass sie all die Zeit gestanden hatte. Sie kam sich komisch dabei vor, auf Layne hinunterzusehen, und fragte, ob sie sich zu ihr setzen könne.
»Aber klar doch«, antwortete Layne. »Hast du noch nichts

gegessen? Ich habe noch tonnenweise Hafergrütze übrig, wenn du etwas möchtest. Sie ist proteinangereichert. Ich bringe sie mir jeden Tag von zu Hause mit. Ich bin richtig süchtig danach.«

Claire bedankte sich für das Angebot, aber der Gedanke, schleimige Hafergrütze aus der Thermoskanne einer Fremden zu essen, war alles andere als appetitlich.

»Nein, danke«, lehnte sie höflich ab.

Sie unterhielt sich mit Layne, konnte sich jedoch nicht voll darauf konzentrieren, sondern musste hin und wieder zu Massie blicken, die sich inzwischen an einen Tisch in der Nähe gesetzt hatte, um sich mit einem anderen Mädchen zu unterhalten.

Nach einem sehr kurzen Besuch an diesem Tisch tippte Massie etwas in ihr Handy. Alicia, Dylan und Kristen drehten sich daraufhin um und winkten. Claire schien der nächste Stopp auf ihrer Tour durch die Tische, denn Massie schritt geradewegs auf sie zu.

Wild geese that fly with the moon on their wings
These are a few of my favorite things . . .

Claire nahm den Duft von Massies Parfüm wahr und wusste, die Clique kam näher. Doch noch bevor sie sich entscheiden konnte, ob sie weglaufen oder sich unter dem Tisch verstecken sollte, waren die vier Mädchen bereits an ihrem Tisch angekommen. Layne beobachtete Claire, um mitzubekommen, wie die Glamour-Girls sie begrüßen würden, wahrscheinlich hoffte sie darauf, dass Claire sie mit der Clique bekannt machte. Aber nichts geschah. Massie und ihre Freundinnen eilten am Tisch vorbei und sagten zu niemandem ein Wort.

Falscher Alarm!

»Meine Güte!«, sagte Layne. »Massie ist ja wirklich eifersüchtig.«

»Hab ich doch gesagt.« Claire strich über ihren Pony und hoffte, dass sie einigermaßen gut ausgesehen hatte. Erst als Massie das Café verlassen hatte, entspannte sie sich.

Layne und Claire verbrachten den Rest der Mittagspause damit, sich über ihre beiderseitige Vorliebe für alte Musicals zu unterhalten, über Jungen, die Skateboard fuhren, und über Digitalkameras. Sie hassten beide den hochnäsigen Touch von *Teen Vogue* und fanden, dass Drew Barrymore wirkte, als sei sie ein wenig zickig.

»Wir sind ja richtig seelenverwandt«, stellte Claire fest.

»Genau«, bestätigte Layne. »Wir müssen mal was zusammen machen.« Sie wischte einen Tropfen Hafergrütze von ihrer Thermoskanne und packte sie in ihren Rucksack.

»Das ist ja die coolste Tasche, die ich je gesehen habe«, stellte Claire fest.

Laynes Rucksack hatte eine dunkelgrüne Schale, die sich öffnete wie ein Hartschalenkoffer. Die Oberfläche war mit Aufklebern von verschiedenen Snowboardmarken bedeckt, bis auf zwei Stellen auf jeder Seite. Da befanden sich Lautsprecher.

Layne drückte einen Knopf oben auf dem Rucksack und ein Techno-Remix tönte durch den Raum.

Die Diätcola-Mädchen drehten die Köpfe auf der Suche nach der Lärmquelle. Sobald sie Layne mit ihrer Tasche sahen, verloren sie das Interesse und konzentrierten sich wieder auf ihre Getränke.

»Das Ding hat einen eingebauten CD-Player. Ich habe es für fünfzig Mäuse bekommen. Ist das nicht toll?«, sagte Layne.

»Die Hälfte der Taschen, die ich bis jetzt hier gesehen habe, kostet zehn Mal so viel und sie können überhaupt nichts!«, rief Claire beigeistert.

Layne lachte.

»Hey, hast du Lust, am Freitagabend mit mir ins Kino zu gehen oder meiner Tasche zuzuhören oder so was?«, fragte sie.

»Ja, gern.« Claire umarmte ihre neue Freundin und strahlte sie an, aber tief im Inneren wünschte ein kleiner, nagender Teil von ihr, sie wäre stattdessen eingeladen worden an einem »Erste-Klasse-Tisch« zu sitzen.

»Aber vielleicht sollte ich es vorher noch mit meiner Mom abklären«, fügte sie hinzu.

BRIARWOOD ACADEMY
HINTER DEN BÜSCHEN VERSTECKT

15 Uhr 25
4. September

Die schweren Eichentüren der Briarwood Academy wurden aufgedrückt und eine Horde Jungen in grauen Jacketts und mit roten Krawatten strömte aus dem Gebäude. Sie stapften über das Gras in der Mitte der breiten Einfahrt. Massie, Alicia und Dylan hatten sich in der Straße gegenüber der Jungenschule versteckt, aber dank der Ferngläser, die sie sich aus dem Labor »ausgeliehen« hatten, war es beinahe, als stünden sie direkt davor.

»Scht, da kommen sie«, flüsterte Massie. Sie duckte sich hinter die ordentlich geschnittene Hecke, wo bereits Alicia und Dylan kauerten.

Dylan ließ das Fernglas sinken, sodass es an dem Band um ihrem Hals baumelte, damit sie die Silberfolie von ihrem Zone-Riegel wickeln konnte. Massie kam das Geknister des Papiers so laut vor wie Geldstücke, die auf ein Blechdach regneten.

»Schschscht«, flüsterte sie wieder.

»Ach komm, er kann mich doch nicht von da drüben hören . . .«, begann Dylan. Doch Massie legte schnell die Hand über Dylans Mund, um sie zum Schweigen zu bringen.

»Ich kann ihn nicht entdecken«, flüsterte Alicia. »Wie sieht er gleich noch mal aus?«

»Wie Leo DiCaprio, bevor er teigig und schlaff wurde«, erklärte Massie.
»So sieht doch jeder Junge hier aus«, stellte Alicia fest.
»Ja, aber Chris Abeley hat cool zerzaustes Haar – und zwar blond!«, erklärte Massie.
Wie die meisten interessanten Jungs war Chris Abeley ein »Vor-und-Nach«. Das bedeutete, man nannte ihn nicht einfach nur »Chris« oder »Abeley«. Er war immer Chris Abeley.
»Ahmahmh.« Dylan versuchte zu reden, doch Massies Hand war immer noch im Weg. Nach zwei Minuten des Schweigens zwang Dylan ihre Zunge durch ihre platt gequetschten Lippen und leckte an Massies Handfläche.
»Iiigitt!« Massie zog schnell ihre Hand weg.
Dylan nahm einen großen Bissen von ihrem Schoko-Himbeer-Superriegel und streckte Massie ihre Schoko-Zunge heraus.
»Du bist unmöglich.« Massie lachte und wischte sich die Hand an einem Taschentuch ab.
»Was möchtest du lieber«, fragte Alicia mit einem Lächeln.
»Einen Kuss von Chris Abeley, nachdem er eine Tüte Cool Ranch Doritos und saure Gurken gegessen hat, oder ... einen Kuss von Chris Abeley, nachdem er sich nach einem Muscheleintopf übergeben hat?«
»Beides«, sagte Massie. »Jetzt sei still!«
Die ganze Aktion hatte eine Menge Vorbereitungen erfordert. Zuerst hatte Massie Isaac erzählt, dass sie nach der Schule noch unbedingt in die Bibliothek müsste und er sie erst um halb fünf abholen sollte. Sobald das erledigt war, musste sie einen Plan entwickeln, wie sie und ihre Freundinnen pünktlich aus der OCD herauskommen konnten. Denn die beiden

Schulen lagen genau sieben Minuten voneinander entfernt, entließen den Pulk ihrer Schüler aber dummerweise genau um die gleiche Zeit. Der Spähtrupp musste also spätestens um 15 Uhr 13 los. Mit bequemen Schuhen hätte auch 15 Uhr 14 gereicht, aber natürlich trug die keiner. Alle hatten es wie geplant geschafft, außer Kristen. Die fehlte noch.

»Ich glaube, ich sehe ihn, dort drüben neben der Statue von diesem Militärtypen«, verkündete Dylan.

»Nein, da drüben beim Fahrradständer steht ein noch nicht teigiger Leo«, widersprach Alicia. Sie deutete geradeaus.

»Das ist er nicht. Auf dem ganzen Platz sind prä-teigige Leos ... sucht nach dem zerzausten blonden Haar«, wies Massie sie an.

»Also hat er dich wirklich gebeten, ihn am Samstag zu treffen?«, fragte Alicia. Sie schaute durch ihr Fernglas, während sie sprach.

»Er sagte und ich zitiere: ›Ich werde am nächsten Samstag wieder reiten, wenn dieser Pfad für die Öffentlichkeit freigegeben ist. Vielleicht sehen wir uns dann wieder?‹ Ende des Zitates. Danach sagte er und ich zitiere: ›Dann also abgemacht.‹ Ende des Zitats«, erklärte Massie.

»Hat er dir in die Augen gesehen, als er ›abgemacht‹ sagte?«, fragte Dylan.

»Und wie. Er hat sogar gezwinkert.« Massie tat ihr Fernglas beiseite und sah ihre Freundinnen an. »Gezwinkert!«

Alicia und Dylan ließen ihre Ferngläser ebenfalls sinken und drehten sich langsam zu Massie um. Es war, als hätte Massie ihnen gerade ihre Verlobung verkündet.

»Das ist ja toooootal wahnsinnig!«, quietschte Alicia.

Alle drei Mädchen umarmten einander und hüpften in der Hocke zusammen auf und ab.

»Das sieht mir ja mehr nach einer Vorbereitung auf ein Footballspiel aus als nach einem Versteckspiel.« Kristen stand mit ernstem Gesicht vor ihnen und wartete auf eine Erklärung. »Was habe ich versäumt?« Sie bemühte sich den Knoten in der Schnur ihres Fernglases zu lösen.

»Nichts, wir haben nur über Chris Abeley geredet«, erklärte Dylan.

»Schon wieder?«, sagte Kristen.

»Wo warst du denn?«, wollte Massie wissen.

»Wir haben unterschiedliche Hausaufgaben in ›Frauen in der Arbeitswelt‹ bekommen und ich konnte nicht so einfach weg«, erklärte Kristen.

»Scht«, mahnte Massie.

»Was musst du denn machen?«, flüsterte Alicia.

»Eine eigene Firma gründen«, antwortete Kristen ebenfalls flüsternd. »Den ganzen Weg hierher habe ich versucht mir etwas auszudenken und mir ist nichts eingefallen.«

Alicia nahm ihr Fernglas und wischte die Linsen an der Innenseite ihres Blazers blank. Sie hatte bereits das Interesse an Kristens Aufgabe verloren.

»Vielleicht solltest du etwas für Leute erfinden, die keine Ideen haben«, schlug Dylan vor.

Massie und Alicia lachten.

»Wie wäre es mit etwas für Leute, die echt blöde Vorschläge machen«, erwiderte Kristen gereizt.

»Wie wäre es mit etwas, was mir hilft, Chris Abeley zu finden«, schlug Massie sarkastisch vor.

Alle kehrten auf ihre Posten zurück.

»Bist du sicher, dass wir ihn nicht bereits verpasst haben?«, fragte Kristen.

»Ja, ganz sicher.«

»Woher weißt du das?«, fragte Kristen.
»Weil ich ihn jetzt gerade ansehe«, erwiderte Massie so langsam, als ob jede plötzliche Bewegung ihre Deckung auffliegen lassen würde.
»Oh mein Gott, wo denn?«, fragte Alicia.
Doch sie entdeckten ihn, bevor Massie es ihnen noch genau erklären musste. Er war der Einzige, der eben die Schule verließ und die Treppe herunterkam. Massie war nicht sicher, ob tatsächlich plötzlich jeder auf dem Campus verschwunden war oder ob es ihr nur so vorkam, weil sie bloß Augen für Chris hatte. Er trug eine ziemlich mitgenommene Ledertasche über seiner Schulter und eine Dose Red Bull in der Hand.
»Oh.«
»Mein.«
»Gott.«
»Holt ihn euch so nahe ran, wie ihr könnt«, wies Massie ihre Freundinnen an. »Seht ihr diese Sommersprosse genau über seiner Lippe? Hey, ist die sexy oder nicht?«
Massie holte eine Tube Lipgloss aus ihrem Denim-Blazer und schaffte es, ihn aufzutragen, ohne ihr Fernglas herunterzunehmen.
»Es sieht so aus, als ob er geradewegs auf uns zuliefe, oder?«, sagte Kristen.
»Ja, fast als wüsste er, dass Massie hier ist«, stimmte Dylan ihr zu. »Könnte es noch romantischer sein?« Dylan spuckte einen Kirschkern aus, sobald sie den Satz beendet hatte. Sie griff in eine Plastiktüte und zog eine weitere Kirsche heraus. Ihre rot gefärbten Lippen waren der einzige Beweis dafür, dass die Tüte noch vor ein paar Minuten voll gewesen war.
»Scht. Er überquert die Straße«, verkündete Massie.

Chris Abeley kam direkt auf die Hecke zu, die ihn von den Mädchen trennte. Mit dem Rücken zu ihnen blieb er stehen. Nur wenige Zentimeter entfernt, kommunizierten die vier Mädchen mittels aufgerissener Augen und wilder Gesten. Kristen streckte die Hand aus und tat so, als wolle sie in Chris Abeleys Po kneifen. Daraufhin schüttelten sich Alicia und Dylan vor unterdrücktem Gelächter. Selbst Massie musste gegen den Drang ankämpfen, laut loszukichern.

MASSIE: WORAUF WARTET ER DENN?
DYLAN: AUF DICH!!
MASSIE: ☺

Massie gefiel der Gedanke, dass Chris Abeley nach der Schule auf sie wartete, so sehr, dass sie anfänglich gar nicht bemerkte, wie etwas Kühles und Klebriges ihren Rücken hinablief. Schließlich hob sie langsam den Kopf. Ein Rinnsal von rosa Flüssigkeit tropfte aus einer Red-Bull-Dose auf ihren Kopf. Massie legte schützend die Hände über ihr Mobiltelefon.
Ein blauer BMW, aus dem ein lautes, blechernes Gitarrensolo schallte, hielt vor Chris Abeley an.
»Wie war das Nachsitzen?«, rief die Stimme eines Jungen über die Musik hinweg.
»Wahnsinn!«, rief Chris Abeley mit fröhlichem Sarkasmus. »Hab mich schon lange nicht mehr so gut amüsiert.«
Er nahm seine Tasche vom Boden auf und kickte die leere Dose hinter die Hecke. Sie traf Alicia am Knie, sodass sie laut aufschrie. Glücklicherweise verhinderte das Schlagzeugsolo, das aus der Stereoanlage des Autos drang, dass Chris Abeley sie hörte.

Sobald das Auto losgefahren war, rollten sich die Mädchen lachend im Gras. Sie hielten sich die Bäuche und wischten sich die Tränen aus den Augen, während sie auf Massies nasses Haar deuteten. Sobald sie schließlich wieder Luft bekamen, ließ Alicias knallrotes Knie sie erneut völlig zusammenbrechen.

»Ihr schaut alle total lächerlich aus«, japste Dylan.

»Das sagt die Richtige.« Alicia deutete auf den Berg von Kirschkernen neben Dylan.

Ihre Lippen waren so rot, dass sie aussah wie der Joker aus Batman.

»Wisst ihr, die Farbe sieht gar nicht so schlecht aus«, meinte Massie. »Ich wünschte, jemand würde so was verkaufen.«

Dylan zog ihre silberne Haarbürste aus ihrer Tasche und betrachtete sich darin.

»Du hast Recht.« Dylan machte vor ihrem Behelfsspiegel einen Schmollmund und blies sich einen Kuss zu.

Es war ein aufregender Tag gewesen und so musste Massie später am Abend, bevor sie schlafen ging, noch unbedingt einen Lagebericht verfassen.

Lagebericht

In	**Out**
Reiten	Verstecken
Rote Kirschen	Red Bull

OCTAVIAN COUNTRY DAY SCHOOL
TOILETTE IM ERSTEN STOCK

9 Uhr 25
5. September

Massie und Dylan sahen sich im Spiegel an, während sie sich unterhielten.
»Ich fasse es einfach nicht, dass meine Lippen immer noch verfärbt sind.« Dylan nahm ein weiches Kosmetiktuch vom Waschtisch und rieb es über ihre Lippen, doch das ließ sie nur noch röter aussehen.
»Gib durchsichtigen Lipgloss darauf und du bist der Hit«, sagte Massie zu Dylans Spiegelbild.
»Das ist nicht lustig. Meine Schwestern haben mich gestern Abend nur noch Lippy genannt und meine Mutter hat gedroht, meine Zone-Lieferungen einzustellen, wenn ich weiter hoch zuckerhaltiges Obst esse, das nicht Teil des Programms ist«, erklärte Dylan.
Massie fuhr sich mit einer Tube Goldgloss über die Lippen.
»Ich wünschte, mein Make-up würde so lange halten«, sagte sie.
»Vielleicht sollte Kristen eine Make-up-Firma als Klassenprojekt gründen«, witzelte Dylan. »Sie kann ja Kirschen verkaufen.«
»Hervorragend!« Massie klatschte begeistert in die Hände.
»Wir werden alles aus Naturstoffen selbst herstellen. Deine Mutter kann uns in *Nachgefragt* vorstellen, dadurch können wir unsere neue Marke promoten und ...«

»Machst du Witze?«, fragte Dylan. »Findest du wirklich, dass das eine gute Idee ist, oder machst du dich nur über mich lustig?« Dylan fuhr sich mit der Bürste durchs Haar und versuchte einen Knoten zu lösen.

»Nein, es ist mein Ernst«, versicherte Massie.

»Wir werden es Homebody nennen«, schlug Dylan nun ebenfalls begeistert vor. »Du weißt schon, weil all unsere ›Body‹-Produkte hausgemacht sind.« Sie fügte mit den Fingern Anführungszeichen bei »Body« und »hausgemacht« hinzu, nur für den Fall, dass Massie nicht verstand, wie genial ihr Vorschlag war.

»Vielleicht sollte der Name aber glamouröser sein«, meinte Massie.

Dylan zog Büschel von rotem Haar aus ihrer Bürste und schüttelte sie auf den Boden, aber sie klebten an ihr wie Spinnweben.

»Ich dachte, es sollte eingängig und gleichzeitig clever klingen.« Dylan gab nicht nach.

»Es ist nichts Eingängiges oder Cleveres an Dior oder Clarins«, stellte Massie fest. »Und sie verkaufen sich trotzdem besser als Hard Candy und Urban Decay, findest du nicht auch?«

»Vielleicht ist diese ganze Idee sowieso albern«, meinte Dylan. »Wir haben ja keine Ahnung, wie man Kosmetik herstellt.«

»Dafür gibt es schließlich das Internet«, sagte Massie.

»Meinst du, Kristen wird die Idee gefallen?«, fragte Dylan.

»Wir werden sie schon dazu bringen, dass sie ihr gefällt.« Massie ging in eine Toilettenkabine und schloss die Tür hinter sich. Die Diskussion war beendet.

»Du kannst schon ohne mich vorgehen ... ich brauche vielleicht noch ein wenig«, rief Massie.

»'kay«, antwortete Dylan.

»Wir werden reich werden!«, sang Massie. Ihre schwingenden Füße waren unter der hoch angesetzten Kabinentür sichtbar.

»Sind wir doch bereits«, sagte Dylan auf ihrem Weg hinaus. »Wir sehen uns dann beim Lunch, Coco.«

»Au revoir, Estée«, rief Massie.

Als Massie sicher war, dass Dylan fort war, griff sie in ihre Tasche und zog ihr Notizbuch heraus. Sie fühlte sich inspiriert. Sie stellte sich vor, wie toll es wäre, wenn alle an der Schule, besonders die älteren Mädchen, an ihren Lippen hingen, wenn es um die neusten Schönheitsartikel und Make-up-Ratschläge ging. Chris Abeley wäre von ihrem anspruchsvollen Hobby beeindruckt und vergäße den kleinen Altersunterschied. Sie würde sich nie wieder um so unwesentliche Dinge Sorgen machen müssen wie Claires schlechten Einfluss auf ihren sozialen Status. Sie wäre die unangefochtene Queen an der Schule.

Lagebericht

In	**Out**
Homebody	Bodyshop
Kosmetik-Imperium	Modedesign
Vorstandsvorsitzende	Einfache Schülerin

DAS GÄSTEHAUS
WOHNZIMMER

17 Uhr
5. September

Hat Mom dir erzählt, dass heute Freunde bei mir übernachten?«, fragte Todd Claire. Sie lag auf der braunen L-förmigen Couch, zappte durch die Fernsehsender und aß Pfefferminz-Eiscreme mit extragroßen Schokoladenchips. Claire verdrehte die Augen. »Ich gehe mit meiner neuen Freundin Layne ins Kino«, sagte sie.
Todd streckte die Hand aus und versuchte seinen Löffel ins Eis zu drücken. Aber Claire blockte ihn mit ihrem Ellbogen ab.
»Und wie viele Leute kommen?«, fragte Claire. Sie fand es unglaublich, dass ihr kleiner Bruder bereits genug Leute kannte, die er zu einer Übernachtungsparty einladen konnte.
»Elf«, sagte Todd. »Zwölf, wenn Stevie Levine vom Bar-Mizwa-Fest seines Stiefbruders abhauen kann.«
Todd startete einen weiteren Angriff, stieß Claires Löffel beiseite und schaffte es, das größte Schokoladenstück zu bekommen. Claire zuckte nicht einmal.
»Wie kannst du jetzt schon zwölf Freunde haben?«, fragte sie.
»Die Rosinen«, erklärte Todd. »Hab ich dir doch gesagt.«
Kendra klopfte an der Haustür und trat ein, noch bevor irgendjemand antworten konnte. Ihre schwarze Hose sah

aus, als sei sie frisch gebügelt, dazu trug sie einen babyblauen Kaschmirpulli. Auch wenn sie den Tag einfach nur zu Hause verbrachte, war sie dennoch perfekt gekleidet.
Sobald Claire Kendra erkannte, nahm sie ihre Füße von der Couch und setzte sich gerade hin.
»Meine Mom ist nicht zu Hause.«
»Eigentlich wollte ich auch zu dir, Claire.« Kendras Stimme war ruhig und freundlich.
»Oh!«, stieß Claire überrascht aus. »Tatsächlich?«
»Ja. Massie hat freitagabends immer eine Übernachtungsparty und ich möchte, dass du heute Abend auch kommst«, sagte Kendra. »Das heißt natürlich nur, wenn du nicht schon andere Pläne hast.«
»Vielen Dank, aber ich glaube nicht, dass Massie mich bei ihrer Party dabeihaben möchte«, sagte Claire.
»Wer möchte das schon?«, unkte Todd.
»Halt die Klappe«, murrte Claire, zwickte ihren Bruder in den Arm und stieß ihn vom Sofa. Nichts davon schien Kendra zu bemerken. Sie war ganz in ihre Mission vertieft.
»Ich bestehe darauf«, sagte Kendra. »Und Massie besteht ebenfalls darauf. Also komm um halb acht zu uns. Einen Schlafsack brauchst du nicht mitzubringen, wir haben alles, was du brauchst.«
»Massie besteht darauf?«, fragte Claire.
»Ja.«
»Na gut«, sagte Claire. »Dann vielen Dank.«
»Warte mal, du hast doch gesagt, du hättest . . .«, versuchte Todd einzuwerfen, doch Claire stieß ihn wieder von der Couch, bevor er den Satz beenden konnte.
In dem Augenblick, in dem Claire hörte, wie die Haustür

geschlossen wurde, sprang sie vom Sofa und rannte die Treppe hinauf in ihr Zimmer.
Sie fegte den Stoß Klamotten von ihrem Schreibtischstuhl und setzte sich an ihren Computer. Sobald sie die Maus bewegte, verschwand ihr Bildschirmschoner mit den tanzenden Bananen und gab den Blick auf den Bildschirmhintergrund frei – ein Foto ihrer Freundinnen zu Hause. Sarah, Sari und Mandy saßen in einem Speedboot und winkten in die Kamera. Ihre Wangen waren alle wie aufgeblasen, weil ihre Rettungswesten so eng anlagen, und ihr Haar war vom Spritzwasser nass. Sie hatten die Arme umeinander gelegt und grinsten fröhlich. Wenn Claire nur das Bild ansah, stieg ihr schon ein Kloß in den Hals. Sie hatte sie seit Schulbeginn nicht mehr angerufen aus Angst, losheulen zu müssen, sobald sie die vertrauten Stimmen hörte. Am liebsten hätte sie ihnen eine IM geschickt und gefragt, wie sie ihre Verabredung mit Layne absagen sollte. Aber sie kannte die Antwort schon. Ihre Freundinnen würden ihr raten, Massie und ihre snobistische Clique endlich zu vergessen, und Claire war nicht danach, ihnen zu erklären, warum sie das einfach nicht konnte. Also war sie dazu gezwungen, sich ganz alleine eine Entschuldigung auszudenken.
Claire suchte nach Laynes Nummer.
»Ich weiß, Layne, es ist total bescheuert«, sagte sie dann ins Telefon. »Besonders an einem Freitagabend.« Sie wickelte die Schnur des altmodischen Telefons vor Nervosität um ihre Finger.
»Ich komme gerne vorbei und helfe dir beim Babysitten, wenn du möchtest«, bot Layne an.
»Ach, das ist wahrscheinlich keine gute Idee.« Claire rieb sich über die Nase. »Todd ist echt ziemlich krank und es ist bestimmt ansteckend.«

»Wie schade.«
Claire konnte schwer einschätzen, ob Layne merkte, dass sie schwindelte.
»Können wir dafür morgen etwas zusammen machen?«, fragte Claire.
»Klar, so gegen Mittag?«
»Bestens«, sagte Claire. »Danke, dass du so verständnisvoll bist.«
»Kein Problem«, sagte Layne. Sie wollte noch etwas sagen, aber Claire hörte es nicht mehr. Sie war so nervös, dass sie bereits aufgelegt hatte.

BEI DEN BLOCKS
HAUPTHAUS

20 Uhr
5. September

Claire kam eine halbe Stunde zu spät zu der Übernachtungsparty, denn sie wollte nicht übereifrig wirken. Als sie dort eintraf, waren die anderen Mädchen bereits im Wohnzimmer versammelt und tanzten auf den braunen Ledersofas. Claire konnte alle durch das große Panoramafenster sehen, doch als sie an die Tür klopfte, antwortete niemand. Wahrscheinlich konnte man sie nicht hören, weil die Musik zu laut war.

Also öffnete Claire die Tür einen Spalt und steckte den Kopf hinein. »Hallo«, rief sie. »Hallo?« Das Haus roch warm und süßlich nach Schokoladenplätzchen.

»Hier drin, Claire«, rief Kendra zurück.

Claire ging ins Wohnzimmer und merkte sofort, wie ihre Muskeln sich verspannten. Sie trug ihren Lieblingspyjama – blau und weiß mit Schäfchen. Massie, Dylan, Alicia und Kristen waren jedoch noch voll angezogen.

Popmusik tönte aus den Lautsprechern, die in jeder Ecke hingen, und eine riesige Glasschüssel mit Popcorn stand auf dem gläsernen Kaffeetisch. Kleiderhaufen lagen überall auf dem Boden verstreut.

»Okay, Mädels«, sagte Kendra, sobald sie die Lautstärke der Stereoanlage heruntergedreht hatte. »Die Pause ist vorbei. Ich brauche eure Hilfe beim Packen dieser Sachen.«

Kendra begann die Kleidungsstücke eins nach dem anderen vom Boden aufzuheben. Es waren Jeans, Pullis, Wolljacken, Nylonjacken, Designer-T-Shirts, Stretchröcke und gestrickte Hundekleidung. Sie hielt alles einen kurzen Moment vor sich zur Musterung, danach faltete sie es zusammen und legte es ordentlich in einen der vielen Pappkartons, die auf dem Boden standen. Die vier Mädchen taten es ihr halbherzig nach. Claire war wie hypnotisiert. Niemand schien ihre Anwesenheit zu bemerken, außer Bean, der zu ihr rannte und an ihren Zehen schnüffelte.

»Hi Bean.« Claire bückte sich, um den Hund zu streicheln. Doch bevor Claire ihn tätscheln konnte, stieß Massie einen hohen Pfiff aus und Bean eilte zurück zu seinem Frauchen.

»Claire, wir freuen uns ja so, dass du kommen konntest«, sagte Kendra.

Massie blickte auf. »Niedlicher Pyjama«, bemerkte sie. Dann faltete sie wieder weiter.

Keine der anderen Glamour-Girls schaute auch nur in Claires Richtung.

»Warum sortierst du den denn aus?«, fragte Massie Dylan. »Du hast ihn doch erst am Labor Day gekauft.«

»Weil ich darin so fett aussehe!« Dylan hielt den flauschigen weißen Kaschmirpulli vor sich, damit sie ihn aus der Ferne betrachten konnte. Das Preisschild baumelte noch vom Ärmel. »Was habe ich mir nur dabei gedacht, etwas Weißes zu kaufen?«

»Lass mich mal sehen, vielleicht nehme ich ihn«, sagte Kristen. Sie hielt den Pulli an sich, doch die anderen Mädchen schüttelten den Kopf. »Also in den Karton damit«, sagte Kristen. Sie biss das Preisschild ab, auf dem 300 $ stand, und reichte den Sweater Kendra.

»Was macht ihr denn hier?«, fragte Claire schließlich.
Niemand sagte ein Wort, bis Kendra sich laut räusperte, was wohl so viel hieß wie ›Du-antwortest-jetzt-lieber‹.
»Wir veranstalten jedes Jahr hier bei uns eine Auktion, um Geld für Stipendien an der OCD zu sammeln«, erklärte Massie.
»Sieht so aus, als ob ihr eine Menge spendet«, stellte Claire fest.
»Natürlich. All das ist von der letzten Saison«, sagte Alicia. »Wenn wir fertig sind, gehen wir groß shoppen, um alles durch brandneues Zeug zu ersetzen.«
Claire fühlte eine Welle von Panik in sich aufsteigen. Die Art von Panik, die sie das letzte Mal empfunden hatte, als sie das Winken von Andy Jeffries erwidert hatte (ihrem Schwarm in der Sechsten), bevor ihr klar geworden war, dass er Becky Manning gemeint hatte. Es war dieses beschämende Gefühl von Ahnungslosigkeit. Sie hatte das gleiche Paar Gap-Jeans ganze eineinhalb Jahre getragen, bis zu dem Zwischenfall mit der roten Farbe. Niemand hatte ihr gesagt, dass auch Kleidungsstücke ein Haltbarkeitsdatum hatten, so wie Milch oder Käse. Claire hatte bisher nur dann etwas aussortiert, wenn es Flecken hatte oder sie herausgewachsen war.
»Ich habe auch ein paar Sachen, die ich spenden kann«, bot Claire an.
»Nein!«, sagten die vier Mädchen wie aus einem Munde.
Claire legte den Kopf zur Seite und zog die Augenbrauen zusammen.
»Der Grund für die Auktion ist, damit Geld zu sammeln.« Alicia verdrehte die Augen.
»Das weiß ich auch«, erwiderte Claire. »Ich gehe ein paar Sachen holen und bin gleich wieder zurück.«

BEI DEN BLOCKS
DIE VORRATSKAMMER

21 Uhr 15
5. September

Ich verstehe wirklich nicht, warum dir das so wichtig ist«, sagte Massie zu ihrer Mutter. Sie standen in der Vorratskammer, umgeben von Dosen mit Suppen, Mineralwasserflaschen, Tüten mit Brezeln und Schachteln mit Hundekuchen, woran Bean im Moment äußerst interessiert schnüffelte. Aus irgendeinem Grund war das immer der Ort, den Massies Mutter zum Reden wählte, wenn sie mit ihrer Tochter nicht zufrieden war.

»Sie ist Gast in unserem Haus und außerdem ein sehr nettes Mädchen. Ich bin mir sicher, du würdest sie mögen, wenn du ihr eine Chance geben würdest«, erwiderte Kendra. Ihre rechte Hand lag locker auf dem dicken Holzregal, die linke stemmte sie in ihre schmale Taille. Sie trug einen schwarzen Jogginganzug von Juicy und eine Perlenkette.

»Mom, warum hörst du nicht endlich auf dir solche Sorgen um Claire zu machen und fängst mal an darüber nachzudenken, wie dein ständiges Verkuppeln für mich ist!«, erwiderte Massie. Ihre Stimme zitterte dabei und sie hatte Angst, gleich losheulen zu müssen. »Beinahe, als ob sie dir wichtiger wäre als ich!«

Massie stürmte aus der Vorratskammer und schloss sich in dem gelb-weißen Badezimmer im Keller ein. Sie sprühte sich etwas französisches Rosenwasser aufs Gesicht und tupfte es dann mit einem flauschigen gelben Handtuch trocken. Dabei achtete sie darauf, nicht zu reiben, sondern nur zu klopfen. Sie hatte einmal im Teenie-Magazin *Seventeen* gelesen, dass es ein Verbrechen gegen die Schönheit war, wenn man sein Gesicht abrieb, denn das verzog die Haut und verursachte so langfristig Falten.

»Mass«, rief Kristen durch die Tür. »Wir gehen raus zu den Badehäuschen, kommst du?«

Massie räusperte sich und bemühte sich ihre Stimme normal klingen zu lassen. »Geht nur vor«, rief sie zurück. »Ich komme gleich nach.«

Massie setzte sich auf den geschlossenen Deckel der Toilette und las ungefähr zehn Minuten lang in alten Ausgaben des Lifestyle-Magazins *Town and Country,* bis sie hörte, wie ihre Mutter zum Schlafen nach oben ging. Als sie die Tür öffnete, wartete Bean dort auf sie.

Massie wollte schon raus zu den Badehäuschen gehen, als sie ein Geräusch aus dem Wohnzimmer hörte. Sie schlüpfte aus ihren Flipflops, um möglichst leise zu sein, und trug Bean auf dem Arm, damit die Glücksbringer des Gucci-Hundehalsbands nicht klimperten. Sie vermutete, dass Kristen zurückgeschlichen war, um sich ein paar Sachen aus den Kartons wiederzuholen. Das hatte sie schon im Vorjahr gemacht und dieses Mal wollte Massie sie auf frischer Tat ertappen.

Massie streckte den Kopf durch die Türöffnung zum Wohnzimmer. Gelbe Lichtstreifen fielen von den Lampen in der Einfahrt herein und lockerten die Dunkelheit auf. Sobald Massie die Kartons dastehen sah, ganz allein in der Mitte des großen Raumes, überkam sie eine Welle von Einsamkeit. Das gleiche Gefühl befiel sie immer an Weihnachten, wenn sie mitten in der Nacht den Baum betrachtete. Ihn so groß und stolz, mit Lichtern geschmückt und von Geschenken umgeben zu sehen wirkte auf sie immer irgendwie deprimierend. Er sah dann aus wie jemand, der sich schick gemacht hatte, aber nirgendwo hingehen konnte. Massie hörte etwas gegen den Karton streifen. Sie beugte sich weiter ins Zimmer hinein, um besser sehen zu können. Es war Claire. Sie kniete neben dem Karton und steckte zusammengelegte Sweatshirts hinein. Ihr Gesicht zeigte ein weiches, kleines Lächeln. Sie sah friedlich und zugleich stolz aus.

»Zumindest sind sie so beide nicht allein«, flüsterte Massie in Beans Fledermausohr. Sie drückte Bean kurz, aber fest und schlich sich vorsichtig davon.

BEI DEN BLOCKS
BADEHÄUSCHEN NR. 3

22 Uhr 15
5. September

Tut mir Leid, dass es so lange gedauert hat.« Massie knipste ihre Taschenlampe aus und setzte Bean auf den Boden. »Ich musste noch ein Stück mit ihr gehen.«

Vier Schlafsäcke waren wie die Speichen eines Rads ausgelegt und Beans weißes Schaffellbett stand in der Mitte. Eine Glasschüssel, gefüllt mit Soja-Crisps und Pfefferminzschokolade – der ultimativen Kombination –, stand in Dylans Schoß. Die Mädchen befanden sich bereits mitten in einer angeregten Runde von »Was möchtest du lieber?«.

»Okay, was möchtest du lieber?«, fragte Alicia. »Ständig schnarchen müssen oder alle zehn Sekunden stolpern?«

»Schnarchen«, sagte Dylan.

»Schnarchen«, stimmte auch Kristen zu.

»Was möchtest du lieber haben? Ein lockiges Korkenzieher-Schweineschwänzchen am Po oder Chihuahua-Ohren am Kopf?«, fragte Kristen.

»Ein Schwanz wäre ja das Gleiche wie wenn sich ständig die Unterwäsche abzeichnet, also nehme ich lieber die Chihuahua-Ohren«, sagte Alicia.

»Ich nehme den Schwanz!«, rief Dylan. »Ich sehe ja schon aus wie ein Schweinchen. Also kann ich auch den Schwanz dazunehmen.« Sie schnaubte und stopfte sich eine Hand voll Soja-Crisps und Schokolade in den Mund.

»Du siehst doch nicht aus wie ein Schwein!«, rügte Kristen sie.
»Du riechst nur so, wenn du dieses Zeug isst.« Massie versuchte die Stimmung aufzulockern. Das Letzte, worauf sie jetzt Lust hatte, war eine weitere Therapiestunde für Dylan und ihre Empfindlichkeiten.
»Ich habe auch eine Frage«, verkündete Massie. »Was möchtest du lieber sein? a) Vollständig und total ohne Freundinnen oder b) jemand mit Tonnen von Freundinnen, die dich insgeheim hassen?«
Die anderen Mädchen wogen schweigend ihre Optionen ab, aber Massie kannte ihre Antwort sofort. Sie würde b) wählen, keine Frage – bei beiden Möglichkeiten hätte sie keine Freundinnen, aber bei der zweiten wäre sie zumindest nicht allein.
»Ich würde definitiv lieber ein Loser ohne Freundinnen sein.« Alicia strich sich das Haar aus dem Gesicht. »Ich möchte doch nicht mit irgendwelchen Lügen leben.«
»Finde ich auch«, stimmte Kristen zu.
»Dito«, sagte Dylan. »Und du, Massie?«
»Für mich gilt natürlich das Gleiche.« Massie verdrehte die Augen, um ihre Glaubwürdigkeit zu unterstreichen.
Claire kam jetzt mit ihrem CD-Spieler unter dem Arm. Massie sah, wie sie die Schlafsäcke überflog.
»Was für eine tolle Idee, hier zu schlafen.« Claires Wangen waren gerötet vom Hinundherlaufen zwischen den verschiedenen Häusern. »Das ist so viel besser als die Aufteilung bei meinem Bruder. Ihr solltet mal sehen . . .« Claire brach ab, als sie vier Schlafsäcke zählte anstatt fünf.
Massie sah, wie der winzige Puls an der Seite von Claires Hals heftig pochte.

»Claire, was möchtest du lieber sein?«, fragte Alicia. »Ein Loser ohne Freundinnen oder jemand mit Tonnen von Freundinnen, die dich insgeheim hassen?«
»Jemand mit tonnenweise Freundinnen, die mich insgeheim hassen«, antwortete Claire sofort.
Die anderen Mädchen wechselten viel sagende Blicke und Massie konnte sich nicht entscheiden, ob sie Claires Ehrlichkeit für mutig oder für blöde halten sollte.
»Gratuliere, du hast es zur Hälfte schon geschafft. Fehlt nur noch der Teil mit den Freundinnen«, erwiderte Alicia kühl.
Alicia sah zu Massie, als erwarte sie Beifall. Schließlich war ihr Kommentar doch ganz besonders gemein gewesen. Aber Massie konzentrierte sich voll auf den Reißverschluss ihres Schlafsacks, mit dem zu kämpfen sie vorgab.
»Ich habe doch nur Spaß gemacht, Claire«, sagte Alicia jetzt. »Es war ein Witz.«
»Ach ja, war es das?« Claires Gesicht war knallrot, doch ihre Stimme war ruhig. »Da, wo ich herkomme, sind Witze lustig.«
Kristen lachte, verstummte aber sofort, als sie Alicias böser Blick traf.
»Sind denn noch irgendwo Schlafsäcke?«, fragte Claire und drehte sich zu Massie um. »Deine Mom sagte, ihr hättet genug.«
»Im Schrank neben dem Badezimmer«, antwortete Massie. Alle saßen da und bewegten sich einen Moment lang gar nicht.
»Ratet mal, was ich habe?«, brach Dylan das Schweigen. Sie wedelte mit einem Stück Papier in der Luft. »Die Telefonnummer vom süßen Koma-Typ.«
»Wahnsinn! Lass mich anrufen.« Alicia riss Dylan den Zet-

tel aus der Hand und die Mädchen versammelten sich um Alicia, damit alle mithören konnten. »Ich fasse es nicht, dass ich gleich mit dem heißesten Typen aus *Jung und ruhelos* sprechen werde«, flüsterte Alicia ihren Freundinnen zu.
»Hallo?«, meldete sich die Stimme eines jungen Mannes.
»Das ist ER«, flüsterte Alicia ihren Freundinnen aufgeregt zu. »Ähm, ja, hier spricht May, deine tote Frau. Ich weiß, was ihr, du und Melanie, getan habt, und sobald du aus diesem Koma erwachst, werde ich dich den Rest deines Lebens verfolgen.« Die Mädchen konnten sich vor Lachen kaum halten.
Massie warf einen Blick zu Claire hinüber, die gerade ihren Schlafsack außerhalb des Kreises hinlegte.
Nun war die Stimme eines anderen Mannes zu hören. »Schätzchen, wer ist denn dran?«, fragte er.
Alicia legte sofort auf und rief: »Oh mein Gott! Der süße Koma-Typ ist schwul!«
»Jemand sollte seiner geliebten Melanie mal erzählen, dass ihr Süßer nicht das ist, was sie glaubt«, kicherte Kristen.
»Wenn wir schon von einem Süßen sprechen, ich kann nicht glauben, dass du morgen mit Chris Abeley reiten gehst.« Dylan rollte sich auf ihrem Schlafsack auf den Bauch und stützte ihr Kinn in die Hände. Die anderen Mädchen nahmen die gleiche Stellung ein, damit sie sich alle ansehen konnten.
»Was willst du denn anziehen?«, fragte Kristen.
»Weiß nicht. Ich habe noch nicht richtig darüber nachgedacht«, antwortete Massie.
Claire war versucht zu rufen: »Also bit-te! Ich habe die ganze Woche von meinem Zimmerfenster aus gesehen, wie du tonnenweise Kleidung anprobiert hast.« Aber sie sagte es nicht.

»Was ist, wenn er versucht dich zu küssen?«, fragte Dylan. »Er ist schließlich schon fünfzehn, weißt du.«

»Dann küsse ich ihn zurück.« Massie gab besonders viel Lipgloss auf ihre Lippen, wie eine Verführerin in einer Seifenoper, und fiel dann über ihr Kissen her.

Igitts und Gelächter erfüllten den Raum.

Massie hob den Kopf aus dem Kissen und glättete ihr zerzaustes Haar.

»Wenn du nur ein paar Kirschen hättest, mit denen du dir über die Lippen reiben könntest; du würdest hinreißend aussehen.« Dylan hob die gefalteten Hände flehend in Richtung Kristen, als sei sie eine verhungernde Bettlerin.

»Könnt ihr mich vielleicht endlich mit dieser Firma für selbst gemachte Kosmetik in Ruhe lassen?«, rief Kristen. »Ihr macht mich noch ganz verrückt.«

»Ja, Dylan, vielleicht ist der Gedanke, reich und mächtig zu sein, nicht Kristens Ding«, kommentierte Massie.

»Fürs Erste bin ich lediglich daran interessiert, eine gute Note zu bekommen«, erwiderte Kristen. Sie sah in die erwartungsvollen Gesichter ihrer Freundinnen und stieß einen tiefen Seufzer aus. »Also gut, nehmen wir mal an, ich wäre einverstanden, wie würden wir die Kosmetikserie denn nennen?«

»Wie wäre es mit Homebody?«, schlug Dylan vor. »Es wäre ironisch, versteht ihr? Weil die Leute es ja benutzen würden, wenn sie ausgehen.«

»Ich finde, es sollte etwas Glamouröseres sein«, sagte Massie. »Findest du nicht auch, Kristen?«

Dylan verdrehte die Augen und nahm winzige Mäusebisse vom letzten Soja-Crisp.

»Meine ich auch.« Kristen nickte.

»Wie wäre es mit Shimmer Down?«, schlug Claire vor.
Keine Antwort.
»Ich hab's«, verkündete Massie. »Glambition!«
»Finde ich toll.« Kristen lächelte.
»Ich auch«, fügte Alicia hinzu.
Dylan und Claire schwiegen.
»Dann ist es abgemacht.« Kristen hob ihre Flasche Perrier und der Rest der Mädchen tat es ihr nach.
»Auf Glambition!« Sie prosteten sich mit ihren Flaschen zu und tranken ihr Limetten-Getränk. Die Kohlensäure brannte ihnen in der Kehle, und als sie ausgetrunken hatten, stießen sie ein großes Ahh aus.
Dann zogen alle ihre Pyjamas an, außer Alicia, die ihr T-Shirt und den BH anließ. Sie schlüpften in ihre Schlafsäcke.
»Möchte irgendjemand eine Gruselgeschichte hören?«, fragte Claire.
»Klar«, sagte Massie, bevor die anderen Mädchen etwas einwenden konnten.
»Kann ich deine Taschenlampe haben?«, bat Claire Massie.
»Sicher«, sagte Massie. »Ich hole sie.«
Sie war viel entgegenkommender als sonst und Claire fragte sich verwundert, weshalb.
»Können wir das Licht ausknipsen?«, fragte Claire.
»Das mache ich«, bot Massie mit einem sanften Lächeln an.
Sobald der Raum kohlrabenschwarz war, stellte Claire die Taschenlampe unter ihr Kinn und knipste sie an.
»Durch den roten Widerschein der Taschenlampe siehst du aus wie der Teufel«, sagte Alicia.
»Ich bin der Teufel«, knurrte Claire leise und Furcht erregend.
»Und ich möchte, dass ihr euch jetzt alle hinlegt.«

»Ja, Frau Lehrerin«, kicherte Kristen.
Weiteres Kichern.
»Okay. Bereit?«, fragte Claire, ohne auf eine Antwort zu warten.
»Eines Nachts fährt ein Typ mit seiner Freundin ins Kino und es fängt an, zu donnern. Plötzlich zuckt ein Blitz auf und die Straßenlaternen gehen aus ... Es ist ein totaler Stromausfall.« Claire machte eine kurze Pause, um den dramatischen Effekt besser wirken zu lassen, bevor sie fortfuhr. »Sie beschließen an den Straßenrand zu fahren, um zu warten, bis der Sturm ein wenig nachlässt. Sie fangen an rumzuknutschen, weil sie nicht wissen, was sie sonst machen sollen, als plötzlich das Autoradio von alleine angeht und ...«
Claire wurde von Alicia unterbrochen, die das Wort »langweilig« sang.
»Chrrrchrrchrr.« Dylan tat so, als ob sie schnarche.
»Mi, mi, mi, mi, miiiii«, kam es von Kristen.
Und die ganze Glamour-Clique brach in hysterisches Gelächter aus. Claire legte sich auf den Rücken und starrte auf den Deckenventilator.
Schließlich ebbte das Gelächter ab und Stille breitete sich im Raum aus.
»Ich bin müde«, sagte Dylan. Und dann schwiegen alle.
Massie hasste diesen Teil der Übernachtungsparty, wenn alle still wurden. Sie hasste es, die Letzte zu sein, die wach war. Darum stellte sie normalerweise einem der Mädchen eine Frage, die eine richtig lange Antwort erforderte, und während die anderen sich unterhielten, versuchte sie einzuschlafen. Doch bevor Massie die Gelegenheit dazu hatte, brach Alicia das Schweigen, indem sie mit dem Mund ein lautes Furzen nachahmte.

»Claire!«, sagte sie. »Warst du das?«
Die Mädchen lachten, aber auf eine müde, faule Weise.
»Ehrlich gesagt, Alicia, ich dachte, es seien dein bombastischen Brüste, die aneinander reiben«, entgegnete Claire.
Massie vergrub ihr Gesicht im Kissen, damit niemand sie lachen hörte.
»Ich wünschte, es wären deine Schenkel, die bei deinem Weg nach Hause aneinander reiben«, erwiderte Alicia wütend.
Danach sprach niemand mehr. Massie hätte nicht sagen können, ob die anderen eingeschlafen waren oder ob sie nur so taten.
Sie hielt einen Moment den Atem an, um auf irgendwelche schniefenden Geräusche zu lauschen, die vielleicht von Claire kamen. Aber sie hörte nichts.
Massie fühlte sich irgendwie unwohl und ihr war klar, dass schlafen nicht in Betracht kam. Sie zog Bean näher an sich und dachte an das erste Mal, als sie den Hund im Fenster der Tierhandlung gesehen hatte. Bean war nicht größer als ein Hamster gewesen, aber er befand sich in einem Käfig mit einem Golden Retriever und einem Jack-Russell-Terrier. Jedes Mal, wenn Bean mit einem Gummiknochen spielen wollte, bellten die anderen Hunde sie wütend an. Doch Bean gab nie nach. Selbst als die anderen sie angriffen, hielt sie den Gummiknochen so gut sie konnte fest. Das Spielzeug war es, was sie wollte, und sie ließ nicht los. Massie bewunderte diesen Kampfgeist an ihrem Hund, doch gleichzeitig schmerzte ihr Herz dabei auf eine Weise, aus der sie nicht ganz schlau wurde. Jetzt merkte sie, wie sie genau das Gleiche hinsichtlich Claire empfand.
Massie hörte, wie jemand sich bewegte. Sie blinzelte unter

den geschlossenen Augen hervor, damit der Schlafwandler nicht merkte, dass sie wach war.
Es war Claire. Sie rollte leise ihren Schlafsack zusammen. Nach ein paar Handbewegungen hielt sie inne, um sich zu vergewissern, dass noch niemand aufgewacht war, dann machte sie weiter. Sobald Claire alles beisammen hatte, schlüpfte sie aus der Tür.
Massie wartete noch kurz, um sicherzugehen, dass alle anderen schliefen, dann stand sie auf. »Wo willst du denn hin?«, flüsterte sie. Sie stand mit Bean in der Türöffnung und sah Claire nach, die barfuß über das feuchte Gras ging.
»Ich kann nicht schlafen . . . ich geh nach Hause.« Claire machte eine Pause. »Ich meine, ich gehe in *euer* Gästehaus.«
Massie blickte hinüber zu ihren schlafenden Freundinnen. Sie schloss die Tür, bevor sie weitersprach.
»Warum bleibst du denn nicht? Wir haben nur Spaß gemacht. Das machen wir bei jedem«, sagte sie.
»Ich schlafe einfach lieber auf einer Matratze als auf dem Boden«, log Claire. Massie konnte hören, dass sie mit den Tränen kämpfte.
»Tja, wenn du schon unbedingt gehen willst, dann nimm wenigstens meine Taschenlampe für den Nachhauseweg«, bot Massie an. »Warte kurz, ich laufe rein und hole sie.«
Massie kehrte leicht verwirrt ins Haus zurück. Es war doch nicht ihre Schuld, wenn Claire Anpassungsschwierigkeiten hatte. Oder? Also warum hatte sie plötzlich das komische Verlangen, ihr zu helfen?
Massie fand die Taschenlampe dort, wo Claire gelegen hatte, und ging damit wieder hinaus auf das kalte Gras. »Ich habe sie gefunden«, flüsterte sie. Aber Beans klimperndes Hundehalsband war alles, was sie hörte.

»Claire?«, sagte Massie in die Nachtluft hinein.

»Claire?«

Der Klang ihrer eigenen Stimme hallte in ihrem Kopf und es hörte sich unheimlich an, als gehöre ihr die Stimme gar nicht. Vielleicht weil sie Claires Namen mit einem Hauch von Besorgnis ausgesprochen hatte, vielleicht, weil es das erste Mal war, dass sie einen Namen gerufen und keine Antwort bekommen hatte. Vielleicht aber auch, weil sie sich wie ein Weihnachtsbaum fühlte, ganz allein im Dunkeln, ohne dass jemand sie bewunderte.

DAS GÄSTEHAUS
CLAIRES ZIMMER

0 Uhr 18
6. September

Entschuldige«, sagte Claire leise, »würdest du bitte so nett sein und aus meinem Bett verschwinden?« Sie stieß den Fremden mit den blau gefärbten Haaren an, aber er gab kein Lebenszeichen.

»Hey«, rief sie, »aufstehen!«

»Hmm.« Der Junge machte Kaugeräusche und rollte auf die andere Seite des Bettes.

»Hey!«, rief Claire schließlich lauter. »Wach auf!«

Sie versuchte ihn zu heben, doch er fühlte sich mehr wie ein Sandsack an als wie ein zehn Jahre alter Junge. Claire legte ihren bloßen Fuß auf den Rücken des Jungen. »Steh« . . . sie schob ihn zum Rand des Bettes . . . »auf!« Sie hörte ihn auf den Boden plumpsen.

»Heh, was soll das denn?«, murrte der Junge.

»Nimm meine Decke und such dir einen Platz im Wohnzimmer bei meinem Bruder und dem Rest seiner Freunde«, sagte sie.

Sobald er weg war, schüttelte Claire ihre Tagesdecke aus und wickelte sie um sich. Sie kam sich vor wie ein Sushi-Röllchen.

Mit einem tiefen Seufzer zog sie ihre Hand unter der Decke hervor und griff nach ihrer Kamera. Sie lehnte den Kopf gegen das hölzerne Kopfteil und machte ein Foto von sich selbst. Danach betrachtete sie es auf dem winzigen Display und nannte es »Ganz unten«, weil sie traurig und jämmerlich aussah. Ihre Augen wirkten eingefallen und es glich eher einem Fahndungsfoto als dem üblichen »Gute-Laune-Urlaubsfoto«. Dieses Bild war nicht für ihre Freundinnen in Florida bestimmt, sondern für sie selbst. Claire nahm sich vor, es immer dann anzusehen, wenn sie glauben wollte, dass sie und Massie Freundinnen werden könnten.

»Also gut, dann hat Massie eben ständig Spaß, und wennschon!«, sagte sie zu sich. »Dann machen sie eben eine Kosmetikfirma zusammen auf, und wennschon! Dann denken sie eben, ich wäre nicht gut genug für sie, und wennschon! Selbst schuld, wenn sie nicht wissen, was sie versäumen! Ich geh meinen eigenen Weg!«

Claire wiederholte diese Worte immer und immer wieder und hoffte, dass sie bis zum Morgen selbst daran glauben würde.

BEI DEN BLOCKS
AN DER EINFAHRT

11 Uhr 50
6. September

Claire saß auf dem Zementblock des steinernen Löwen. Links von ihr befand sich eine identische Statue, aber Claire hatte auf der sitzen wollen, die in der Sonne stand.

Sie trug die dunklen Jeans aus dem Fundstückefundus und ein weißes T-Shirt mit babyblauen Strasssteinen am Halsausschnitt. Von all ihrer Kleidung kam es dem, was Massie tragen würde, am nächsten. Und sicher würde Layne von ihr erwarten, so gekleidet zu sein. Glücklicherweise war die Jeans lang genug, um neunzig Prozent der Turnschuhe zu verdecken.

Ein schwarzer Jaguar fuhr in die Einfahrt, aber Claire bemerkte Layne im ersten Moment gar nicht. Sie war zu beschäftigt damit, einen besseren Blick auf den echt süßen Typen auf dem Beifahrersitz zu erhaschen. Zerzaustes Haar und eine braune Lederjacke waren alles, was sie sehen musste, um zu wissen, dass er ein Junge von Briarwood war – heiß, gefährlich und dennoch sensibel.

Layne winkte wild vom Rücksitz, während sie ihre Sachen einsammelte. Claire winkte mit einer Hand zurück und überprüfte mit der anderen den Sitz ihres Ponys.

»Claire, das ist mein Dad, Eric«, sagte Layne, als sie aus dem Auto stieg.

»Nett, Sie kennen zu lernen«, sagte Claire zu dem Mann auf dem Fahrersitz.

»Und das ist mein Bruder, Chris.« Layne deutete zum Beifahrersitz.
Chris beugte sich an seinem Vater vorbei, damit er zu Claire heraussehen konnte.
»Was geht?« Chris strich sich sein zerzaustes blondes Haar aus den Augen und strahlte Claire an.
»Ach, das Übliche.« Claire hasste sich sofort selbst dafür, dass ihr nichts Besseres eingefallen war.
»Netter Pool«, sagte Chris.
»Danke.« Claire blickte auf ihre Jeans hinunter und stieß ein bescheidenes Kichern aus für den Fall, dass er ihre Antwort für eingebildet hielt.
»Vergiss nicht, kein Schwimmen«, sagte Eric zu seiner Tochter, »bevor deine Ohrenentzündung abgeheilt ist.«
»Keine Sorge.« Layne zwinkerte ihm zu.
»Layne Jane Abeley. Es ist mein Ernst. Kein Schwimmen!«, betonte er.
Plötzlich ging Claire ein Licht auf. Laynes Nachname war Abeley. Ihr Bruder hieß Chris. Das bedeutete, dies war Chris Abeley. DER Chris Abeley.
Claire senkte den Kopf zum Wagenfenster. »Du gehst nicht zufällig nach Briarwood, oder?«, fragte sie.
»Doch, ich bin neu dort!«, sagte er mit übertriebenem Enthusiasmus.
»Mein Bruder hat gerade in der Mittelstufe angefangen. Er ist viel jünger als du, aber er heißt Todd Lyons, weißt du, nur falls du ihn mal zufällig triffst.« Claire merkte, dass sie viel zu viel redete. Sie hätte nicht sagen können, ob es an Chris' unglaublich blauen Augen lag oder daran, dass sie es kaum fassen konnte, mit dem Jungen zu sprechen, in den Massie verknallt war. Er war praktisch eine Mini-Berühmtheit.

»Heh, machst du Witze? Ich kenne Todd. Ich mag ihn. Er hat dem Direktor eine Rosine geradewegs ins Auge gespuckt und sich dann verdrückt. Dummerweise wurde ich verdächtigt, weil ich dabeistand, als es passierte, und einfach nicht aufhören konnte zu lachen«, erzählte er. Diesmal war seine Begeisterung echt. »Ich musste deshalb nachsitzen, aber es war die Sache wert.«

»Tja, das klingt wirklich total nach Todd. Hey, möchtest du ihm hallo sagen?«, fragte Claire. »Er ist drüben am Pool.«

»Unbedingt«, sagte Chris. »Dad, ich bin gleich wieder da.«

Als Claire sich dem Pool näherte, blickte sie hoch, um sicher zu sein, dass Massie immer noch in ihrem Zimmer war. Sobald sie Massie am Fenster gesehen hatte, tat Claire alles, um ihre Aufmerksamkeit zu erregen.

»Todd! TODD! Sieh mal, wer da ist«, rief sie. Es war ihr egal, ob ihr Bruder sie hörte, solange Massie sie nur bemerkte.

»Sieht so aus, als ginge es ihm schon besser.« Layne lächelte völlig ernsthaft.

Es dauerte einen Moment, bis Claire klar wurde, worüber Layne sprach. »Oh ja, es geht ihm besser«, sagte sie. »Gott sei Dank!«

»Hey Kumpel«, grüßte Chris Abeley, als er Todd auf einem aufblasbaren Delfin im Pool reiten sah.

Claire sah, wie Massies Vorhänge sich bewegten. *Showtime!*

»Oh meine Güte, Chris.« Claire fasste Chris' Hand und sah ihm in die Augen. »Da ist etwas Ekliges in deinem Haar. Warte mal kurz, ich mach es schnell weg.« Sie hob die Hand zu seinem Kopf und strich langsam seinen langen Pony aus der Stirn. Dann fuhr sie mit den Fingern durch sein zerzaustes Haar. Über ihr schwangen die Vorhänge zu.

»Ist es weg?«, fragte Chris Abeley Claire.
»Ja, es ist weg«, versicherte Claire. »Angeblich bringt ekliges Zeug im Haar aber zumindest Glück.«
Claire hatte nie gedacht, dass sie der Typ für solche Spielchen wäre, aber andererseits hatte sie sich auch nie vorstellen können, einmal in eine Situation zu geraten, in der sie so etwas bräuchte. Claire war zwar mit sich zufrieden, fand das Ganze aber auch irgendwie ziemlich krank.
»Tja, ich muss los«, sagte Chris. »Ich gehe heute Nachmittag reiten.«
Nachdem Chris fort war, pflückte Layne eine Pusteblume, schloss die Augen und blies die Samen in den Wind. »Möchtest du dir etwas wünschen?«, fragte Layne. Sie pflückte eine weitere Pusteblume und reichte sie Claire.
»Na und ob.« Claire schloss die Augen ganz fest und blies dann heftig genug, um einen Baum zu Fall zu bringen. »So, schon gewünscht. Hey, dein Bruder scheint echt nett zu sein.«
»Ja, er ist ziemlich cool«, bestätigte Layne. »Du solltest mal sehen, wie glücklich Fawn ist, dass er vom Internat zurück ist.«
»Wer ist Fawn?«, fragte Claire. »Euer Hund?«
»Das nicht gerade«, antwortete Layne lachend. »Sie ist seine geradezu unverschämt hübsche Freundin. Sie gehen schon seit der siebten Klasse miteinander.«
Sobald Claire das gehört hatte, suchte sie nach weiteren Pusteblumen.
»Diese Dinger sind toll!«, stellte sie fest, die Hände voller grüner Stängel. »Ich glaube, das mit dem Wünschen funktioniert wirklich!«
Layne und Claire liefen durch die Senke hinter dem Haus in

den Wald, fotografierten sich gegenseitig und machten Fotos von Bächen oder Käfern. Sie saßen auf einem umgestürzten Baumstamm, damit Layne ihre Hafergrütze aus der Thermoskanne essen konnte, während Claire ihr zusah und dabei sehnsuchtsvoll an saure Gummifüße dachte.
Sie dachte an die Was-möchtest-du-lieber-Frage von Massie bei der Übernachtungsparty – keine Freundinnen oder Freundinnen, die dich insgeheim hassen. Nur dass sie sich jetzt wünschte, es gäbe eine dritte Alternative, nämlich eine wahre Freundin zu haben, selbst wenn alle anderen sie offen hassten. Claire hätte diese Möglichkeit gewählt.

BEI DEN BLOCKS
MASSIES ZIMMER

12 Uhr 30
6. September

Warum sollte ich das denn erfinden?«, schrie Massie in ihr Motorola. Sie befand sich mitten in einem erhitzten Vierer-Telefonat.

»Ich kann einfach nicht glauben, dass die lahme Layne Chris Abeleys Schwester ist«, sagte Dylan.

»Ich kann nicht glauben, dass Claire ihm übers Haar gestrichen hat!«, Alicia klang richtig wütend.

»Wenn wir eine halbe Stunde später von dir weggegangen wären, hätten wir alles gesehen.« Kristen stieß einen Seufzer aus.

Massie blickte in den Spiegel und fragte sich, wie sie wohl mit einem Pony aussähe. Sie knickte einen Teil ihrer Haare um und hielt sie in die Stirn. Nachdem sie einen Schritt zurückgemacht hatte, versuchte sie sich durch Chris' Augen zu sehen. Wer weiß? Vielleicht stand er auf Ponys. Aber sie fand, mit Pony sah sie aus, als trüge sie einen Helm, also entschied sie sich dagegen.

»Warte mal. Du denkst doch nicht etwa, er steht auf Claire, oder?«, fragte Dylan.

»Unmöglich«, sagte Massie. »Oder?«

»Bit-te! Er ist nur nett zu ihr, weil sie der erste Mensch ist, der je nett zu seiner Schwester war«, sagte Dylan.

Massie wollte schon Kristen fragen, was sie von der Situation hielt, aber da war eine Stimme im Hintergrund zu hören: »Kristen, es sind sechs Minuten.«

»Ich weiß, Mom, ich wollte gerade Schluss machen«, rief Kristen. »Okay, also danke, dass du mir bei der Hausaufgabe geholfen hast. Ich habe es jetzt verstanden. Ich melde mich später noch mal, bye.« Das sagte sie immer, wenn ihre Mutter sie dabei erwischte, dass sie länger als ihre erlaubten fünf Minuten telefonierte.

»Was hast du denn jetzt vor?«, fragte Alicia mit einem Hauch Panik in der Stimme.

»Alles, was meine neue beste Freundin Layne will«, antwortete Massie. »Ich muss jetzt los. Chris Abeley ist vor einer Viertelstunde von hier weg und müsste inzwischen schon in Galwaugh sein. Ich will ihn nicht verpassen. Wünscht mir Glück.« Sie legte auf, ohne sich zu verabschieden. Zehn Minuten später, nach einem letzten Blick in den Spiegel, war Massie bereit für ihren Ausritt. Ihre maßgeschneiderte Reitjacke und ihre Hermès-Reitgerte gaben ihr die Portion extra Selbstbewusstsein, die sie brauchte. Das und ihr Konversationsspickzettel.

Ich kann mit einem 15-Jährigen reden über:	**Ich kann mit einem 15-Jährigen nicht reden über:**
PS2, Xbox, Gamecube	Nintendo
House Partys	Geburtstagspartys
Layne – seine supercoole Schwester	Layne – seine die Heilsarmee liebende, von Hafergrütze besessene Schwester

Das Büro von Galwaugh Farms sah sehr nach Ralph Lauren aus. Es war rein äußerlich eine einfache rustikale Holzkabine und innen äußerst komfortabel. Farbenfrohe Indianerdecken waren wie zufällig über tiefe Ledersessel geworfen und in den Holzregalen standen alte Bücher. Selbst mitten im Sommer war der Geruch nach Tannen überwältigend. Für Massie war es ein Zuhause außerhalb ihres Zuhauses. Sie trug sich in die Liste ein und fragte das Mädchen am Schreibtisch ganz beiläufig, welchen Weg denn Tricky (und Chris Abeley) genommen hatte. Als sie herausgefunden hatte, dass er die Shady Lane entlangritt, rannte sie zu den Ställen und holte Brownie.

»Bereit für unser erstes Doppel-Date?«, fragte Massie ihr Pony. »Kannst du dir vorstellen, wie süß du mit Tricky zusammen aussehen wirst? Also, was hältst du von mir und Chris?« Noch während sie das sagte, warf sie schnell einen Blick über ihre Schulter, um sicherzugehen, dass Chris sich nicht schon wieder angeschlichen hatte. »Du denkst doch nicht etwa, dass er Claire mag, oder?«, flüsterte sie. »Sie ist doch viel zu unscheinbar für ihn, stimmt's?«

Anders als Bean war Brownie nicht sehr kommunikativ. Aber er hatte stets ein offenes Ohr.

Shady Lane war auf beiden Seiten von riesigen Trauerweiden gesäumt und dadurch immer dunkel und ein wenig unheimlich. Massie hatte ursprünglich ihren langen Blazer und Handschuhe tragen wollen, denn sie wusste, dass die Tannen zu dieser Jahreszeit die Sonne abhielten. Doch andererseits wollte sie auch nicht, dass Chris Abeley den Eindruck bekam, sie mache sich zu viele Gedanken über ihr Aussehen. Sie wollte, dass alles an ihr natürlich schön aussah.

»Ho-hooo!«, rief eine Stimme hinter ihr.

Und da ritt Chris Abeley auf Tricky bereits auf sie zu.

»Wie bist du denn hinter mich gekommen?«, rief Massie über ihre Schulter und tippte Brownie mit ihrer Reitgerte an, um schneller zu werden.

»Ich habe mich in den Büschen versteckt.«

»Hast du gehört, was ich zu Brownie gesagt habe?«, fragte Massie und betete, dass die Antwort Nein lautete.

»Warte mal, hast du nicht das letzte Mal gesagt, mit Pferden spricht man nicht?« Chris lächelte. »Da hab ich dich ja voll erwischt!«

Massie konnte nicht anders, als zu lachen.

»Wer zuletzt am See ankommt, spricht mit Pferden!«, rief Chris. »Keine Abkürzungen.« Und schon ritt er los.

Massie fand seinen Reitstil toll. Mit einer Hand hielt er die blaue New-York-Yankees-Baseballmütze auf dem Kopf fest und mit der anderen die Zügel.

»Jetzt müssen wir zeigen, was wir können, Brownie«, rief Massie. »Hol sie ein.« Das weiße Pony wieherte und begann Tricky nachzujagen.

Sobald Massie Chris eingeholt hatte, streckte sie ihren Arm aus, soweit sie konnte. Fast hätte sie ihr Armband verloren, doch sie schob es rasch zurück bis zum Ellbogen, damit es nicht wieder herabrutschen konnte. Mit dem Ausruf »Aufgepasst!« schnappte sie Chris die New-York-Yankees-Baseballkappe vom Kopf. Wie im Spiel löste sie ihren eigenen Helm, band ihn an den Sattel und setzte die Kappe auf ihr wehendes Haar.

Diesen Trick hatte sie bereits in ihrem zweiten Jahr in den Reiterferien gelernt, aber das brauchte Chris ja nicht zu wissen. Massie konnte an dem Funkeln seiner Augen erkennen, dass sie ihn beeindruckt hatte. Zeit, mit ihrem Plan weiterzumachen.

»Was treibst du denn sonst so, wenn du nicht gerade reitest?«, fragte sie.

»Ich hänge mit meinen Freunden herum, höre Musik und ... du weißt schon ... amüsiere mich, wenn meine Eltern nicht zu Hause sind.« Er grinste sie übermütig an.

»Was meinst du mit amüsieren?«, fragte Massie. Sie fürchtete sich ein wenig vor der Antwort, denn von ihr als seiner Freundin in spe würde sicher erwartet mitzumachen, wobei auch immer. Und sie war sich nicht sicher, ob sie dazu bereit war.

»Ach das Übliche, Party und so«, klärte er sie auf.

»Klar«, erwiderte Massie erleichtert.

Sie ritten tiefer in den Wald und Tricky begann zu schnauben. Sie wollte galoppieren, doch Chris zog die Zügel an und hielt sie zurück, damit er neben Brownie und Massie hertraben konnte. Das war ein gutes Zeichen. Massie interpretierte es so, dass Chris sich an ihrer Seite wohl fühlte und mehr Zeit mit ihr verbringen wollte. Es war der perfekte Moment, um die Schlüsselfrage zu stellen, die weitere Treffen ermöglichen würde.

»Sag mal, hast du nicht gesagt, dein Nachname sei Abeley?«, fragte sie und kniff die Augen dabei zusammen, damit es aussah, als sei sie wahrhaftig verblüfft.

»Ja«, antwortete er.

»Bist du dann vielleicht mit Layne Abeley verwandt?«, fragte Massie.

»Sie ist meine kleine Schwester.«

»Heh, ist ja toll!«, sagte sie und schlug sich mit offenkundiger Begeisterung auf den Oberschenkel. »Ich mag Layne. Sie war heute Morgen sogar bei mir zu Hause.«

»Du wohnst da?«, fragte Chris Abeley nach. »Ich war auch dabei. Mein Dad hat sie abgesetzt und mich dann hierher gefahren.« Er machte kurz Pause. »Warte mal, ich dachte, ihre Freundin Claire ist dort zu Hause.«

»Ist ja lustig.« Massie lachte. »Nein, nein, sie wohnt in unserem Gästehaus. Sagen wir mal, wir helfen ihrer Familie durch etwas härtere Zeiten.« Sie rieb Daumen, Zeige- und Mittelfinger aneinander, um anzudeuten, dass es ein Geldproblem war.

»Oh.« Er klang, als hätte er Mitleid mit Claire. »Na, da hast du ja Glück – sie scheint recht nett zu sein und ihr Bruder ist echt wild. Ich war in dem Alter ganz ähnlich.«

»Ach ja?« Massie holte ein Haargummi aus einer Seitentasche und nach ein paar geschickten Handgriffen war ihr Haar in einen losen Knoten gebunden.

»Ich liebe es, wenn Mädchen das tun«, stellte Chris fest.

»Was?«

»Dieses komische Ding mit ihrem Haar«, erklärte er und bewegte seine langen Finger in der Luft. Als er die Hand wieder fallen ließ, sah er sie einen Moment lang ganz ruhig an und lächelte fast ehrfürchtig.

Sein treuherziger Hundeblick beunruhigte Massie beinahe. Sie hatte den Eindruck, dass er zu schnell auf ihre Tricks hereinfiel. Sie hatte keine Liste gemacht, wie sie sich in peinlichen Momenten verhalten sollte, also tat sie das Nächstbeste und wechselte das Thema.

»Was ist denn eigentlich aus unserem Rennen geworden?«, fragte sie. »Auf die Plätze, fertig . . .«

»Los!«, schrie Chris Abeley und schoss auch schon vor.

»Schummler!«, rief Massie ihm nach.

»Loser!«, schrie Chris zurück.

Loser würde Massie sich niemals nennen lassen, nicht einmal im Scherz. Sie beugte sich vor und befahl Brownie so schnell zu galoppieren, wie er konnte. Seine Hufe donnerten über den Pfad, zerbrachen Zweige und warfen die Erde auf.

»Sieht so aus, als wärst du ein Schummler und ein Loser«, keuchte Massie, nachdem sie Chris erfolgreich überholt hatte.

»Du bist echt gut für ein Mädchen«, stellte er fest und ließ seine Finger knacken. »Meine Schwester ist nur einmal auf ein Pferd gestiegen und hat sich die Augen ausgeweint, sobald es sich zu bewegen begann.«

»Hatte sie solche Angst?« Massie versuchte teilnahmsvoll zu klingen.

»Nein, sie hatte nur Mitleid mit dem Pferd«, sagte Chris Abeley und verdrehte die Augen.

Massie kicherte, war jedoch sofort still, als sie merkte, wie er auf ihre Hand starrte.

»Was ist denn?«, fragte sie.

Chris Abeley antwortete nicht.

Er beugte sich vor und griff nach ihrem schmalen Handgelenk. Ein Kribbeln fuhr bei dieser Berührung durch ihren ganzen Körper und sie fühlte sich wie elektrisiert. Alles um sie herum wurde plötzlich ganz still.

»So viel Glück!« Er hob einige Glücksbringer nacheinander mit der Spitze seines Zeigefingers an.

Massie merkte, dass er sie ansah, auch wenn ihre Augen auf das silberne Mikrofon gerichtet waren, das die Lyons ihr geschenkt hatten. Sie zog den Arm weg, bevor er es bemerken konnte.

»Bring sie doch einfach einmal mit«, schlug Massie vor.

Sie schaffte es, Chris anzusehen, während ihre Finger den blöden Mikrofonanhänger geschickt loshakten. Unauffällig ließ sie ihn zu Boden fallen.
»Wen?«, fragte Chris Abeley etwas verwirrt.
Er setzte sich wieder gerade in den Sattel, ohne den Blick von ihr zu wenden. Massie fühlte sich wie verzaubert, als ob er ihre Seele aufsauge.
»Layne«, erklärte Massie. »Bring sie doch nächstes Wochenende mit und ich gebe ihr eine Reitstunde.«
»Das möchte ich sehen«, sagte Chris.
»Dann ist es abgemacht«, sagte Massie.
»Gut«, bestätigte Chris. »Abgemacht.«
Massie verabschiedete sich mit einem Winken und ritt davon, so schnell sie konnte. Sie wollte fort sein, bevor er bemerkte, dass sie immer noch seine Kappe hatte.

TRANQUILITY-NAGELSTUDIO
NACH DER SCHULE

16 Uhr 07
9. September

Layne ließ sich in dem gemütlichen automatischen Massagestuhl nach unten rutschen.
»Vier Geschwindigkeitsstufen«, erklärte die Kosmetikerin und reichte Layne die Fernbedienung, doch Layne konnte sie nicht nehmen. Ihre Hände waren zu voll.
»Layne, du musst eine einzige Farbe aussuchen.« Massie kam sich vor, als spräche sie mit einem Kind.
»Ich fände es cool, wenn jeder Zehennagel anders wäre«, meinte Layne. »Du nicht?«
»Nein«, sagte Massie strikt.
»Ja, wahrscheinlich ist es albern«, gab Layne nach. Sie stellte die Flaschen zurück auf das hypermoderne Chromregal. »Welche gefällt dir denn?«, fragte sie Massie.
»Baby's Breath«, antwortete Massie. »Das ist eine gute Farbe für Anfänger – Pink, aber nicht zu kräftig, relativ unauffällig, aber nicht völlig durchsichtig.«
Die Mädchen badeten ihre Füße in warmem Seifenwasser und blätterten Magazine durch. Um sie herum ließen modisch gekleidete Frauen ihre Nägel von den besten Kosmetikerinnen in ganz Westchester pflegen.
»Das kitzelt.« Layne zog jedes Mal ihre Füße weg, wenn die Kosmetikerin versuchte, sie mit einem Bimsstein zu bearbeiten.

Massie sah die arme Frau an, die verzweifelt versuchte, Laynes Fuß zu behandeln, und verdrehte die Augen.
Massie war nur froh, dass sie so klug gewesen war, vorher anzurufen und sicherzugehen, dass kein anderes Mädchen von der OCD um vier Uhr einen Termin hatte. Sie wollte nicht, dass diese Verabredung mit Layne bekannt wurde.
»Danke, dass du mich hierher mitgenommen hast. Dieser Ort ist wundervoll, wie ein glänzender Wald!«, sagte Layne und bezog sich damit wohl auf die funkelnden Chromarmaturen und die üppig sprießenden Topfpflanzen. »Und danke, dass du mich nach dem Sport darauf aufmerksam gemacht hast, dass ich abgebrochene Zehennägel habe.«
»Kein Problem«, sagte Massie. »Dafür hat man ja Freundinnen.« Massie sah, wie Laynes Gesicht sich aufhellte, sobald sie das Wort Freundinnen hörte. Das Ganze war wirklich zu einfach.
»Deine Zehen sehen schon viel besser aus.«
»Iiiiiich weeeeeeeiiiiiß«, antwortete Layne. Ihr Stuhl vibrierte jetzt mit Hochgeschwindigkeit.
»Ach, übrigens«, sagte Massie, ohne von ihrer Zeitschrift aufzusehen. »Hat dein Bruder dir erzählt, dass wir uns letztes Wochenende getroffen haben?«
»NNNNNeeeeeiiiiin.«
Massie schloss die Zeitschrift und ließ sie auf ihrem Schoß liegen. »Wir sind zusammen geritten«, erklärte sie. »Bist du sicher, dass er es nicht erwähnt hat?«
»Jjjjjaaaa.«
»Wahrscheinlich steht ihr euch nicht besonders nahe.« Massie warf ihr ein mitfühlendes Lächeln zu.
Layne stellte ihren Stuhl ab und sah Massie direkt ins Gesicht. »Er ist mein bester Freund. Wir erzählen uns alles.«

Massie merkte, dass sie wohl einen wunden Punkt getroffen haben musste, und beschloss, vorsichtiger zu sein. Es war wichtig, dass sie Layne bei Laune hielt.

»Ich weiß, das hat er mir erzählt«, erklärte Massie. »Und er wünscht sich nichts mehr, als dass dir das Reiten auch Spaß machen würde, damit ihr mehr Zeit miteinander verbringen könnt.«

»Ach wirklich?«

»Ja, bestimmt.« Massie nickte und verlieh ihrer Stimme einen eindringlichen Ton, so als sei sie gerührt von Chris' tiefer Zuneigung für seine Schwester. »Heh, ich habe eine Idee. Wie wäre es, wenn ich dir nächstes Wochenende zeige, wie man reitet? Dann können wir den Tag alle gemeinsam verbringen.«

»Was?« Layne schlug mit der Hand ungläubig gegen ihre Brust. »Das würdest du für mich tun?«

»Natürlich.« Massie fuhr sich durch ihr perfekt sitzendes Haar. »Für wen denn sonst?«

DAS GÄSTEHAUS
DIE KÜCHE

11 Uhr 11
13. September

Claire starrte auf die Mikrowelle. Die Uhr zeigte zwei gleiche Zahlen nebeneinander, also hatte sie eine Minute, um sich so viel zu wünschen, wie sie konnte, bevor die Anzeige auf elf Uhr zwölf wechselte. Sie wünschte sich Freundinnen an der OCD, gute Noten und vor allem Massies Anerkennung, was wiederum zu Kristens, Alicias und Dylans Anerkennung führen würde, was schließlich zur Anerkennung durch alle anderen führen würde. Des Weiteren wünschte sie sich die Hauptrolle im Schultheaterstück (was immer es war), neue Klamotten, eine andere Fahrgelegenheit zur Schule, dass ihr bis Weihnachten ein Busen wüchse, für den man einen BH benötigte, eine schönere Handschrift und schneller wachsendes Haar . . . zu spät, die Uhr war umgesprungen.

»Sollte Layne nicht inzwischen hier sein?«, fragte Judi. Sie stand am Herd, tauchte Erdbeeren in einen Topf mit blubbernder Schokolade und legte sie dann auf ein Stück Wachspapier. Sie war an der Reihe, den Nachtisch für den Buchklub zu bereiten, dem sie beigetreten war.

»Sie kommt nicht«, sagte Claire. Sie saß am Küchentisch und rollte gedankenverloren ein Platzdeckchen zusammen und wieder auf.

»Was ist denn diesmal ihre Entschuldigung?«, fragte Judi

mitfühlend. »Stimmt etwas nicht zwischen dir und Layne?«

»Nein, sie ist nur mit ihrer neuen besten Freundin Massie unterwegs«, sagte Claire. Sie war so wütend, dass sie die Anführungszeichen mit ihren Fingern bei »ihrer neuen« statt bei »beste Freundin« setzte.

Judi sah besorgt auf das Platzdeckchen, das Claire traktierte.

»Ich verstehe das nicht. Könnt ihr nicht einfach alle zusammen was unternehmen?«, fragte sie.

»Oh ja, klar, das ist eine tolle Idee«, meinte Claire sarkastisch. »Wenn ich so darüber nachdenke, glaube ich, der Präsident könnte wirklich deine Hilfe bei der Nahostkrise brauchen.«

Claire hörte ein Kichern unter dem Tisch. Sie beugte sich vor und sah Todd zusammengekauert dort sitzen, die Hand vor dem Mund.

»Nein, jetzt mal im Ernst, Claire, möchtest du, dass ich mit Massies Mutter darüber spreche?«, fragte Judi. »Ich meine, ich sehe keinen Grund, warum sie dich nicht mit einbeziehen können. Vielleicht ist es einfach nur Gedankenlosigkeit.«

Todd lachte verhalten.

»Ich gebe dir meine gesamten Ersparnisse, wenn du versprichst, mit niemandem darüber zu reden«, murrte Claire. »Mir geht es bestens, wirklich.«

Claire schob ihren Stuhl vom Tisch zurück und trat dabei leicht auf die Hand ihres Bruders. Sie sah durch die Spalten im Holztisch, wie er zusammenzuckte, und verbiss sich ein fieses Lachen.

»Ich glaube, Todd ist im Pool«, sagte Judi. »Warum gehst du nicht rüber und schwimmst mit ihm zusammen?«

»Vielleicht«, sagte Claire. »Aber er pinkelt in den Pool, weißt du das?«
Claire hörte, wie Todd unter ihr tief Luft holte, und drückte noch einmal ihren Fuß nach unten.
»Dann gehe ich mich jetzt mal umziehen.«
Claire dachte darüber nach, wie gern sie ihrer Mutter die Wahrheit gesagt hätte, was für eine Erleichterung es wäre, endlich ehrlich zu sein und zuzugeben, dass sie keine Freundinnen hatte. Sie hatte geglaubt, in Layne eine echte Freundin gefunden zu haben, aber dann hatte Massie sie ihr weggeschnappt. Seit Massie angefangen hatte Layne einzuladen, war Layne für Claire wie vom Erdboden verschluckt. Claire war zu verlegen, um das ihrer Mutter gegenüber einzugestehen, also hielt sie einfach den Mund.
Stattdessen wischte sie sich die Tränen aus den Augen und schlüpfte in ihren Lieblingsbikini – den mit dem Höschen, das aussah, als wäre es aus Jeans, mit einem Gürtel und einem weißen Triangeltop. Sie hatte ihn für 15 Dollar bei Target erstanden und normalerweise fühlte sie sich darin wie eine Prinzessin. Aber heute, an einem herrlichen Samstagnachmittag, an dem sie niemand hatte, mit dem sie etwas unternehmen konnte, außer ihrem kleinen Bruder, fühlte sie sich wie Cinderella.

GALWAUGH FARMS
SHADY LANE

11 Uhr 25
13. September

Chris Abeley und Massie trotteten die Shady Lane entlang und überzeugten sich dabei immer wieder mit einem Blick über die Schulter, dass Layne noch hinter ihnen war. Sie hatte sich geweigert, auf ihr Pferd zu steigen, und stattdessen eisern behauptet, dass das Pferd einen gemütlichen Spaziergang bevorzugte.

»Layne, bist du sicher, dass du nicht wenigstens versuchen möchtest Trixie zu reiten?«, fragte Massie. »Ganz bestimmt hätte sie nichts dagegen.«

»Nein, es macht mir Spaß, Fotos von den Blumen und allem zu machen«, antwortete Layne.

»Wie du meinst. Es ist nur so, dass ich um eins eine Verabredung zu Hause habe, und bei dieser Geschwindigkeit sind wir noch weitere drei Stunden hier unterwegs.« Massie biss die Zähne zusammen und zwang sich zu einem Lächeln. Es kam mehr wie eine Grimasse heraus.

»Ich wusste nicht, dass du schon so bald wieder losmusst«, sagte Chris Abeley. »Ich habe ein paar Sandwiches eingepackt und hatte gedacht, wir könnten alle zusammen am Wasserfall ein Picknick machen.«

»Wenn wir jemals dort ankommen«, murmelte Massie.

»Das habe ich gehört!«, warf Layne ein.

»Ich habe ja nur Spaß gemacht, Layne«, erklärte Massie.

»Ein Picknick fände ich auch toll. Ich denke, ich kann ein klein wenig zu spät kommen.«

»Super«, sagte Chris Abeley. »Ach übrigens, krieg ich eigentlich irgendwann meine Yankees-Kappe zurück? Layne hat mir erzählt, dass du sie jeden Tag in der Schule trägst.« Er strahlte und Massie hätte nicht sagen können, ob es sein Ernst war, dass er sie zurückhaben wollte, oder ob er nur flirtete.

»Tu ich gar nicht.« Massie merkte, wie sie rot wurde. »Layne, warum hast du ihm das erzählt?«

»Weil es stimmt. Ich dachte, er würde sich darüber freuen.«

»Die Kappe, die ich trage, ist nicht die deines Bruders«, erklärte Massie, »sondern meine. Chris, natürlich werde ich dir deine Kappe gern zurückgeben. Ich bringe sie nächstes Wochenende mit. Sie ist mir sowieso zu groß.«

»Oh, ich habe ganz vergessen dir zu sagen, dass ich nächstes Wochenende nicht reiten kann«, informierte Chris sie. »Ich habe ein Lacrosse-Spiel.«

»Aber ich hab Zeit«, warf Layne ein.

Massie tat so, als hätte sie das nicht gehört.

»Hey«, rief Layne. Sie kauerte neben dem Reitweg. »Seht mal, was ich gefunden habe.«

Chris und Massie brachten ihre Pferde zum Stehen und warteten geduldig darauf, dass Layne sie mit Trixie einholte. Layne brachte das winzige Fundstück zu ihrem Bruder, als wäre sie eine Anwältin vor dem Gericht.

»Es sieht aus wie ein kleines Mikrofon«, stellte Layne fest.

»Massie, ist das nicht deines?«, fragte Chris Abeley. Er reichte Massie den Anhänger ganz besonders vorsichtig, um ihn nicht fallen zu lassen. »Ich meine, ich hätte es an deinem

Armband gesehen. Du musst es das letzte Mal beim Reiten verloren haben.«

»Möchtest du, dass ich es dir anmache?«, bot Layne an.

»Danke, Layne.« Massie wusste, dass sie gereizt klang, und bemühte sich, nicht undankbar zu wirken.

»Glücklicher Zufall«, sagte Layne voller Stolz auf ihr Wortspiel. »Verstanden?«

Chris lachte begeistert und Massie ließ das beste gespielte Lachen hören, das sie unter diesen Umständen zu Stande brachte.

»Was für ein Glück, dass Layne es gefunden hat, oder?«, fragte Chris, sobald er aufgehört hatte zu lachen.

»Ja, und wie«, antwortete Massie. Was für ein Pech, dachte sie insgeheim. Sie hatte das armselige Ding vor einer Woche fallen lassen und doch war es wieder zurückgekommen, um sich an sie zu ketten. Ähnlich wie die armselige Familie, von der sie es bekommen hatte.

BEI DEN BLOCKS
DER POOL

11 Uhr 45
13. September

Es war noch nicht einmal Mittag, aber dafür umso heißer. Claire ging hinüber zum Pool der Blocks, um sich kurz abzukühlen, solange niemand da war. Doch als sie dort ankam, sah sie, dass ein Büfett vor dem Badehäuschen aufgebaut war. Sie hielt an. Auf dem gedeckten Tisch standen Teller mit Mini-Sandwiches, Nudelsalat und kalte Suppen. Darüber waren durchsichtige Kunststoffdeckel gestülpt, um die Fliegen fern zu halten. Es sah aus, als wollten die Blocks eine Party feiern.

Ein Stückchen weiter weg, neben dem Besteck, hatte Inez vier Notizbücher ausgelegt wie Zeitschriften. Auf jedem stand in großen Buchstaben GLAMBITION. Mit einem Mal war Claire nicht mehr nach Schwimmen zu Mute.

»Was ist denn los?«, fragte Claire Inez.

Schweißperlen hatten sich auf der Oberlippe der Haushälterin geformt und sie blinzelte gegen die Sonne.

»Massie hat ein Meeting«, antwortete Inez.

In dem Augenblick, als Inez das sagte, hörte Claire, wie das Gartentor geöffnet wurde. Alicia, Kristen und Dylan kamen herein. Sie trugen Badeanzüge, Sarongs und Flipflops. Langsam, fast träge gingen sie auf die Liegestühle zu.

Dylan zog drei Stühle über die Terrasse zusammen. Alle drei Mädchen legten sich nebeneinander und ihre sich überkreuzenden Arme und Beine ließen sie aussehen wie eine große Spinne.

»Hey Claire, woher ist denn dein Bikini?«, fragte Alicia schnippisch.

Es war praktisch das erste Mal, dass eine von ihnen Claire direkt ansprach. Aber sie musste vorsichtig sein. Es konnte leicht eine Falle sein. Claire hatte in den letzten paar Wochen genug gelernt, um zu wissen, dass es ein furchtbarer Fehler wäre, zu gestehen, dass sie ihn bei Target gekauft hatte.

»Du machst wohl Witze?«, erwiderte sie deshalb.

Alicia blickte mit einem Ansatz von Panik zu Kristen und Dylan, aber die beiden schauten sofort weg.

»Es ist ein Astrud«, sagte Claire und machte eine Pause, als warte sie darauf, dass es klick bei Alicia machte. »Du weißt schon, aus Brasilien.«

»Klar!« Alicia schlug sich gegen die Stirn. »Ich wusste doch, dass mir das Teil bekannt vorkam. Ich hab eine Geschichte über sie in *Teen Vogue* gelesen.«

»Du meinst ihn!« Claire hoffte, sie ging nicht zu weit mit ihrer Lüge.

»Also wirklich, Leesh«, kam es von Kristen.

»Jeder weiß, dass Astrud ein Typ ist«, fügte Dylan hinzu.

»Ich muss einen Hitzschlag haben«, sagte Alicia. »Ich hatte schon den ganzen Tag Kopfschmerzen und kann keinen klaren Gedanken fassen.«

Kristen begann ihr Haar um den Finger zu drehen. Dylan griff nach einer Tüte mit Sonnenblumenkernen und Alicia begann ihre Schläfen zu massieren. Claire war klar, dass sie sich alle insgeheim fragten, wie sie die Erfolgsgeschichte von Astrud übersehen haben konnten. Dabei existierte Astrud nicht einmal!

»Wo glaubt ihr denn, ist sie diesmal?«, fragte Kristen.

»Was?«, fragte Claire. Doch die Mädchen hatten sich wieder einander zugewandt und Claire merkte, dass sie nicht mehr mit ihr sprachen.

»Was immer es ist, bestimmt hat es mit Chris zu tun«, meinte Alicia gereizt. »Tut mir Leid, ich meine Chris Abeley.« Sie nahm ihre Sonnenbrille ab, während sie das sagte, und setzte sie wieder auf, als sie fertig war. »Ich habe es so satt, ständig seine beiden Namen sagen zu müssen.«

»Also, wenn sie noch einmal ein Glambition-Meeting absagt, muss ich sie feuern«, stellte Kristen fest. »Dieses Projekt macht 75 Prozent meiner Note aus, und wenn ich versage, bin ich so gut wie tot.«

»Warum denkt ihr, dass sie uns nie einlädt mit ihnen zusammen abzuhängen?«, fragte Dylan.

»Weil sie mit Chrisabeley alllllleeein sein will«, antwortete Kristen. Sie hatte seine beiden Namen so aneinander gehängt, dass sie klangen wie einer. Die anderen Mädchen lachten.

Doch Claire wusste, was wirklich los war. Massie wollte vor den anderen geheim halten, dass sie die Zeit mit Layne verbrachte. Claire hatte gesehen, wie Massie Layne in der Schule aus dem Weg ging. Sie benutzte dabei die gleiche Technik, die sie auch bei Claire angewandt hatte – plötzliche Umwege zur Toilette, unvermittelte Unterhaltungen mit an sich unwichtigen Umherstehenden oder sie tat einfach so, als wäre sie mitten in einem wichtigen Telefonat.

»Glaubt ihr, dass sie anfangen wird mit Mädchen aus der Highschool rumzuhängen?«, fragte Dylan. »Ihr wisst schon, wo sie jetzt so viel mit Chrisabeley unternimmt.«

»Nicht wenn sie weiter diese alberne Yankees-Kappe

trägt«, meinte Kristen. »Ich erinnere mich an eine Zeit, wo die einzigen Initialen, die für sie in Frage kamen, YSL, LV und CC waren. Ich glaube nicht, dass ich mit NYY klarkomme.«

»Bitte! Ich habe gesehen, wie du letzten Mittwoch den Preis an einer Yankees-Kappe in der Mall nachgesehen hast«, sagte Alicia. »Ich habe sogar gesehen, wie du sie aufprobiert hast, als du dachtest, ich würde meine Frisur im Spiegel überprüfen.«

Claire hatte ein ganz flaues Gefühl im Magen, aber sie zwang sich trotzdem etwas zu sagen. »Ich unterbreche euch nicht gern, aber es würde euch auch nicht schaden, ein wenig Spaß zu haben, während ihr wartet«, rief sie.

Alle drei blickten verblüfft aus ihrem Grüppchen auf, aber keine sagte ein Wort. Das einzige Geräusch war das Knacken der Sonnenblumenkerne zwischen Dylans Zähnen.

Claire schaffte es, gelassen und anmutig an ihnen vorbeizugehen, aber innerlich wurde ihr ganz schlecht von ihrer mutigen Bemerkung.

Mit der Haltung einer Olympiasiegerin trat sie aufs Sprungbrett und ging bis vor an den Rand. Sie ließ das Brett ein paar Mal auf- und abfedern, um seine Sprungkraft zu testen, und wartete darauf, dass der Wind sich drehte.

Die Glamour-Clique beobachtete sie.

Claire trat ein paar Schritte zurück und legte die Arme an. Ein schneller Sprung und sie flog durch die Luft. Ihr Körper formte sich zu einem Ball, öffnete sich nach einer Umdrehung wieder und tauchte perfekt ins Wasser.

Unter Applaus kam Claire wieder an die Wasseroberfläche.

Eine nach der anderen zogen die Mädchen ihre Sarongs aus, stießen ihre Flipflops ab und zupften ihre Badeanzüge zurecht, bevor sie ebenfalls ins Wasser sprangen. Alicia rannte in das Badehaus und stellte das Radio an. Britney Spears war zu hören mit *Oops! ... I did it again,* und obwohl die Mädchen sie eigentlich schon nicht mehr hören mochten, schienen trotzdem alle froh über die Musik.

Sie standen am Rand des Pools und sangen im Chor.

Oops! ... I did it again.

I played with your heart, got lost in the game

Oh baby, baby ...

»Oops!«, rief Dylan, während sie Alicia in den Pool stieß. Alicia trug immer noch ihr T-Shirt, aber Claire hatte das Gefühl, sie hätte es so oder so angelassen, selbst wenn sie nicht überraschend in den Pool gestoßen worden wäre.

»Hey Claire, du bist nicht die Einzige, die springen kann«, verkündete Dylan. »Pass mal auf.«

Dylan rannte zum Sprungbrett und stolperte betont unbeholfen über den Rand. Sie fiel ins Wasser wie ein Stein.

»Das nenne ich den betrunkenen Springer«, erklärte sie, als sie wieder hochkam.

Alle lachten laut, besonders Claire.

Alicia wirbelte mit über den Kopf erhobenen Armen das Sprungbrett entlang und nannte es den graziösen Ballerina-Sprung.

Kristen gab vor, Britney zu sein. Sie bewegte die Hüften und ließ die Arme vor sich hin und her schwingen, während sie singend aufs Wasser zuging.

Oops! ... You think I'm in love

That I'm sent from above

I'm not that innocent!

Sie landete mit einem Riesenplatscher, genau als das Lied zu Ende war.

»Whoo-hoo!«, johlten die Mädchen.
Doch Claires nächste Idee war noch mutiger. Sie tauchte unter, schob den Po in die Höhe und schrie, als sie wieder hochkam: »Ententanz!«
Ein weiterer Britney-Song wurde im Radio gespielt und die Mädchen sangen weiter begeistert mit.
»Stronger!«, riefen sie.
There's nothing you can do or say, baby
I've had enough
I'm not your property as from today
Sie spielten den Songtext nach und sangen sich gegenseitig an wie Video-Stars. Claire war so glücklich, dass es ihr völlig egal war, wie sehr ihre Zähne schon vor Kälte klapperten.
Arme wurden hoch in die Luft gehoben und Pos geschüttelt, als sie mit einem Mal bemerkten, dass Massie am Rand des Pools stand. Bean saß neben ihr.
Das Gelächter ebbte schnell ab.
»Britney?«, sagte Massie. Sie verzog die Nase, als hätte sie etwas Faules gerochen.
Alicia stieg aus dem Pool und drehte die Musik ab.
»Wo warst du denn? Du kommst eine Stunde zu spät.« Kristen hatte es erfolgreich geschafft, ihre Enttäuschung mit Besorgnis zu tarnen.
»Ich weiß und es tut mir Leid. Wir sind auf einem neuen Pfad geritten und haben die Orientierung verloren. Ich hatte furchtbare Angst, weil wir auch kein ausreichendes Handynetz bekommen konnten. Wenn Chris nicht früher bei den Pfadfindern gewesen wäre, hätten wir da draußen sterben können«, erklärte sie. Sie hob Bean hoch und drückte ihn dramatisch an sich.

Die Mädchen taten so, als glaubten sie Massie, denn das war viel einfacher, als ihren Schwindel anzuprangern. Eine nach der anderen kam aus dem Pool, um sie zu umarmen und ihr zu versichern, wie glücklich sie sei, dass ihr nichts passiert war.

»Wir sollten besser anfangen, denn mein Dad holt mich schon in etwa einer Stunde wieder ab«, mahnte Kristen dann.

Sie gingen hinüber zum Büffet, zogen die Plastikfolie von den Platten ab und begannen ihre Teller mit Essen zu füllen. Von allem, was Massie sich nahm, gab sie auch etwas in Beans Schüssel. Claire wurde nicht eingeladen, also stieg sie aus dem Pool und tat so, als sei sie unsichtbar, während sie sich von der Sonne trocknen ließ.

»Worüber habt ihr denn mit dem Blutegel von Lyons so gelacht?«, wollte Massie wissen. Sie griff nach dem Krug mit Limonade.

»Wir haben gelacht, weil sie beim Schwimmen einen riesigen Popel an der Nase hängen hatte«, log Alicia. Sie sah zu den anderen, um sicherzugehen, dass sie ihre Lüge deckten.

Claire fuhr sich unwillkürlich über die Nase.

Massie beugte sich zu Kristen und flüsterte etwas in ihr Ohr. Daraufhin nahm Kristen den kristallenen Salzstreuer vom Tisch und ging hinüber zu Claire, die mit dem Gesicht nach unten auf ihrem Handtuch lag. Sie blieb vor Claire stehen und schüttete Salz auf sie hinab.

»Was machst du denn?«, rief Claire und setzte sich schockiert auf.

»Salz hilft gegen Blutegel«, antwortete Kristen frech.

Massie sah mit einem zufriedenen Grinsen zu.

Alicia warf ein Stück Lachs auf Claires Rücken und erklärte: »Genau wie geräucherter Lachs.«

»Nichts hilft besser als Gazpacho«, sagte Dylan, während sie die kalte Gemüsesuppe über Claires Kopf schüttete.

»Dylan, pass doch auf«, rügte Massie mit gespielter Besorgnis, »diese Badeanzüge von Target sind echt schwer sauber zu kriegen.«

Claire merkte, wie ihre Augen brannten, was immer passierte, wenn sie kurz davor stand, zu weinen. Sie biss sich auf die Lippen. Diese Befriedigung würde sie diesen heimtückischen Zicken nicht gönnen. Stattdessen zwang sie sich, ruhig hinüber zur Außendusche zu gehen, auch wenn sie so aufgebracht war, dass sie kaum mehr atmen konnte. Sie hielt den Kopf hoch erhoben und machte sich nicht einmal die Mühe, den grünen Pfeffer von ihrer Wange zu wischen.

Drüben am Tisch waren die anderen Mädchen eigenartig ruhig. Kristen brach unvermittelt das Schweigen.

»Ich denke, wir sollten unser erstes Glambition-Produkt in einer Woche anbieten«, schlug sie vor, »nämlich dann, wenn unser Jahrgang zur Aufzeichnung der neuen Soap-Folge von *All My Children* in die Stadt fährt.«

»Kristen, das ist perfekt«, stimmte Massie zu. »Da können wir es im Bus verkaufen. Wir werden ein Vermögen verdienen!«

»Was soll denn unser erstes Produkt sein?«, fragte Dylan.

»Vielleicht Orangen-Bodypeeling«, schlug Alicia vor.

»Nein, es muss etwas sein, was alle schon im Bus ausprobieren können, wie Rouge oder Lipgloss«, entgegnete Kristen.

»Selbst gemachtes Lipgloss!«, entschied Massie. »J'adore!«

Kristen drückte verschiedene Tasten auf ihrem Taschenrechner. »Mal sehen, wir können wahrscheinlich die meisten Zutaten aus unseren jeweiligen Küchen bekommen, also werde ich dafür nur zehn Dollar veranschlagen, 30 Dollar für die Pillendöschen aus Plastik, in denen wir den Gloss anbieten, zehn Dollar für Etiketten und 60 Dollar für das Labor, das ihr seid.« Sie tippte noch ein paar Zahlen ein und konnte bereits den Verkaufspreis verkünden.

»Also, wenn wir 30 Lipgloss zu fünf Dollar 50 das Döschen anbieten, wird Glambitious Industries am ersten Tag 55 Dollar Profit machen«, gab Kristen bekannt und ihre Augen funkelten bei diesem Gedanken. »Fangen wir am nächsten Freitag gleich mit der Herstellung an. Dadurch haben wir genügend Zeit, vor dem Ausflug verschiedene Rezepturen auszuprobieren.«

»Abgemacht.«

»Abgemacht.«

»Und abgemacht.«

DAS GÄSTEHAUS
CLAIRES ZIMMER

19 Uhr 30
13. September

Claire saß in ihrem Zimmer, ohne das Licht anzumachen. Die Sonne ging inzwischen jeden Tag früher unter, was ihr Gefühl von Einsamkeit noch verstärkte. Sie konnte sehen, wie Massie in ihrem Zimmer telefonierte und dabei Bean bürstete. Doch die beschränkte Sicht, die sie von ihrem Fenster aus hatte, bot keinen echten Einblick. Von hier aus sah Massie wie ein ganz normales, wenn auch sehr hübsches Mädchen der siebten Klasse aus, nicht wie das Monster, das sie in Wirklichkeit war.

Claire schickte Fotos von der OCD, dem sich färbenden Laub und ihrer altbackenen Blümchentapete mit der Unterschrift »Helft mir!« an Sarah und Sari. Dann lag sie da und dachte über Massie nach, darüber, wie gemein sie schon gewesen war und wie sehr sie irgendeine Art von Rache verdiente.

Um 20 Uhr 13 sah Claire, wie Massie das Licht in ihrem Zimmer ausdrehte, um mit ihrem Vater und Bean auf den abendlichen Spaziergang zu gehen. Der dauerte immer ungefähr 15 Minuten, denn um halb neun waren sie stets zurück. Dies gab Claire genau 17 Minuten Zeit.

Sie kletterte aus ihrem Zimmerfenster und dann das weiße Spalier an der Hausseite hinab. Während sie über den Rasen huschte, dachte sie daran, wie sehr sie versucht hatte, sich mit Massie anzufreunden. Dann dachte sie daran, was am Pool passiert war. Schließlich rief sie sich in Erinnerung, dass Massie ihr auch noch Layne weggenommen hatte.

Claire betrat das Haus durch die Seitentür.

»Hi, Kendra. Kann ich mal schnell in Massies Zimmer gehen und mir ihr Mathebuch borgen? Sie sagte, es wäre in Ordnung.« Claire lächelte ruhig, aber innerlich war sie ein Nervenbündel.

»Aber sicher«, erwiderte Kendra.

Claire konnte selbst nicht fassen, was sie da tat – in Massies Zimmer zu schleichen! Sie hatte absolut keine Ahnung, was sie tun sollte, wenn sie dort war, aber allein die Tatsache, dass sie Massies Zimmer ohne deren Erlaubnis betrat, war schon aufregend genug.

Das Zimmer hatte weitere purpurne Farbtupfer bekommen, seit Claire es das letzte Mal gesehen hatte. Purpurne Kissen, ein Teppich in der gleichen Farbe und ein purpurfarbener iMac waren die neuen Anschaffungen.

Claire hörte das Geräusch einer sich öffnenden Tür und erstarrte. Sie hatte solche Angst, erwischt zu werden, dass ihr nicht einmal einfiel, wo sie sich verstecken könnte. Sie vernahm das Geräusch noch einmal und ihr wurde schließlich klar, dass es von Massies Computer kam. Jemand von ihrer IM-Freundesliste war online. Sie sah das Profil der Person nach, die sich Holagurrl nannte.

Es war Alicia.

HOLAGURRL: ? GEHT AB?

Claire sprang vom Computer zurück, als sei er am Leben. Sie konnte nicht fassen, dass sich ihr so schnell eine so perfekte Gelegenheit bot. Nervös drehte sie an ihren Armbändern, durchquerte das Zimmer und versuchte das Adrenalin zu dämpfen, das durch ihren Körper schoss. Mit klopfendem Herzen legte sie das Ohr gegen Massies Zimmertür, um sich zu vergewissern, dass niemand davor stand. Dann eilte sie zum Computer. Eigentlich hatte sie ja immer wissen wollen, wie es sich anfühlte, Massie Block zu sein. Sie atmete tief durch. Ein und aus. Dann tippte sie.

MASSIEKUR: DAS ÜBLICHE &U?

Claire drückte Enter und zuckte zurück, als ob sie sich an den Tasten verbrannt hätte.

HOLAGURRL: WILL ONLINE SHOPPEN. U2? DANN RUF ICH DICH NACHHER AN

Claire schob ihre Armbänder zurück und begann zu tippen.

MASSIEKUR: NEIN. WILL NOCH ZU CLAIRE RÜBER. VIELLEICHT NOCH 'NEN FILM ANSEHEN. SIE IST EIGENTLICH GAR NICHT SO ÜBEL. HATTE SPASS MIT IHR. G2G. BTW – LASS UNS AM MONTAG SHORTS ÜBER STRUMPFHOSEN TRAGEN. HAB'S GERADE IN 17 GESEHEN. SUPERSÜSS! SAG K & D BESCHEID!
HOLAGURRL: IM ERNST?
MASSIEKUR: WAS?
HOLAGURRL: ALLES!
MASSIEKUR: KLARO. CU ☺

Claire achtete darauf, dass die schnurlose Maus genau da lag, wo sie gelegen hatte, und plante dann ihre Flucht. Langsam öffnete sie die Tür und streckte den Kopf hinaus, um sich kurz umzusehen. Sie dachte, sie hätte jemand atmen gehört, doch das bildete sie sich wohl nur ein. Vorsichtig streckte sie ihren Fuß in den Flur, als ob sie mit dem Zeh das Wasser testete, bevor sie hineinsprang. Sobald ihr Fuß den Boden berührte, fasste etwas ihren Knöchel und sie stieß einen lauten Schrei aus.

»Claire, ist alles in Ordnung?«, rief Kendra von unten.

»Ja, alles bestens«, rief Claire zurück. Aber das stimmte nicht.

Todd befand sich unmittelbar vor ihr und grinste sie breit an.

»Ich kann nicht fassen, dass du mir gefolgt bist«, flüsterte Claire.

»Scht«, flüsterte Todd, »sonst wirst du noch erwischt.«

Claires erste Reaktion war, ihm einen Schlag zu verpassen. Sie hob die Faust, doch bei dem Gedanken, dass Massie nach Hause kam und sie raufend vor ihrer Zimmertür vorfand, machte sie einen Rückzieher.

»Verschwinden wir lieber von hier«, befahl Claire. »Ich gebe dir später noch einen Tritt.«

»Falsch«, berichtigte Todd sie. »Du wirst mir später noch die Füße küssen. Außer natürlich, du möchtest, dass dein kleines Geheimnis bekannt wird.« Er schlug Claire leicht auf den Arm und brachte sie beide in Sicherheit.

DER RANGE ROVER
IN DER EINFAHRT DER BLOCKS

8 Uhr 02
15. September

Massie stand mit verschränkten Armen da. Sie trug ein schwarzes Seidenkleid mit einem Mandarinkragen über ausgebleichten Miss Sixtys. Als sie beobachtete, wie Claire sich auf die Ladefläche des Range Rover schwang, lächelte sie überheblich. Claire trug eine grasgrüne Strumpfhose, dunkle Jeansshorts und ein weißes T-Shirt.

»Ich wusste gar nicht, dass die Theatergruppe heute die Darsteller für Peter Pan aussucht«, war Massies Kommentar.

»Tja, aber offensichtlich wusstest du über das Vorspielen für Miss Saigon Bescheid«, erwiderte Claire.

Massie war von Claires Antwort beeindruckt, fragte sich jedoch, weshalb sie plötzlich nur so vor Selbstbewusstsein strotzte. Ihr Outfit war unmöglich, dennoch tat sie so, als wäre sie gerade zur Nummer eins auf der Liste der bestgekleideten Leute in *Peoples* gewählt worden.

Massie hörte in Gedanken bereits das Lachen ihrer Freundinnen, wenn sie erst Claires neueste Modekreation sahen.

Wie üblich mussten sie fünf Minuten warten, bis Alicia endlich durchs Tor trat, und wie immer verbrachten Massie und Claire diese Zeit schweigend.

»Oh mein Gott!«, stieß Massie hervor.

Alicia schlenderte auf das Auto zu, ihr Haar wehte im leichten Wind wie das eines Models in einer Werbung für Shampoo. Sie trug kirschrote Strumpfhosen, Levi's Cut-offs, eine schwarze Weste und schwarze Riemchenschuhe. Ihr Outfit war lächerlich, aber in echtem Alicias-Stil sah sie trotzdem wunderschön aus.

»Was hast du denn an?«, fragte Alicia Massie.

»Das fragst du mich?« Massie klang überrascht.

»Warum siehst du ganz nach *ELLEgirl* aus statt nach *Seventeen?«*, fragte Alicia.

Massie wusste, es musste eine logische Antwort auf das alles geben, aber sie beschloss lieber selbst darauf zu kommen, statt zu fragen und unwissend zu klingen.

»Bean hat mir meine Strumpfhose zerrissen, als ich ging, und ich musste mich im letzten Moment umziehen«, log Massie.

Massie wunderte sich, wie ausgerechnet Claire es geschafft hatte, das gleiche furchtbare Outfit zu tragen wie Alicia. Oder vielleicht war die bessere Frage, wie Alicia es geschafft hatte, das gleiche furchtbare Outfit zu tragen wie Claire?

Massie drehte sich zur Ladefläche und hoffte Claire durch einen strengen Blick zu einer Antwort zu bekommen. Ihre Blicke trafen sich, doch Claire lächelte sie nur unschuldig an. Ein Lächeln nach dem, was die Glamour-Clique Claire am Pool angetan hatte? Massie hätte misstrauisch werden müssen, doch ihr ging zu viel im Kopf herum.

Massie verbrachte die Fahrt zu Dylan damit, ihre Englischhausaufgabe zu überfliegen, damit sie Alicia nicht ansehen musste. Doch dann wurde alles nur noch schlimmer.

Dylan trug schwarze Strumpfhosen und schwarze Satinshorts und Kristen trug eine gelbe Strumpfhose und Sevens,

die sie offensichtlich noch am Vorabend abgeschnitten hatte, denn sie waren völlig schief.
Massie sah auf die Reihe von farbenfrohen Beinen, die sich von einem Ende des Autos zum anderen erstreckte.
»Ich komme mir vor, als säße ich in einer Schachtel mit Buntstiften«, bemerkte sie.
»Wirklich schade, dass Bean deine Strumpfhose zerrissen hat«, fand Kristen. »Vielleicht sollte Isaac irgendwo anhalten, damit wir dir ein anderes Paar kaufen können. Du weißt schon, damit du dir nicht blöde vorkommst.«
»Glaub mir, ich bin nicht diejenige, die sich blöde vorkommen wird.« Massie verdrehte die Augen.
»Was soll das denn heißen?«, wollte Dylan wissen.
»Nichts.« Massie nahm sich erneut vor cool zu bleiben.
»Ach Claire, ich habe ja noch was für dich.« Alicia kramte in ihrer Louis-Vuitton-Cherry-Blossom-Tasche und zog ein Handy heraus. »Es ist das alte Handy von meinem Vater, aber es funktioniert noch bestens.«
»Wirklich?« Claire beugte sich nach vorne, um zu sehen, ob Alicia es ernst meinte, bevor sie es annahm. »Vielen Dank.« Sie musste sich zusammenreißen, um nicht laut aufzulachen. Es klappte! Es klappte tatsächlich!
»Kein Problem. Die Nummer steht auf der Innenseite«, erklärte Alicia.
»Und was ist mit der Rechnung?«, fragte Claire.
»Bit-te! Die Firma meines Vaters zahlt das. Die merken das nicht einmal«, sagte Alicia mit einer abfälligen Handbewegung.
»Ach ja, Claire, hier ist eine Einladung zu meiner Geburtstagsparty nächste Woche«, sagte Dylan. »Sie ist in Manhattan, im Four Seasons Hotel. Es werden ein paar Stars da sein

und tonnenweise Papparazzi, also müssen wir dieses Wochenende shoppen gehen, wenn du mitkommen willst.«

»Klar!« Claire sprudelte vor Aufregung. Sie konnte gar nicht glauben, dass sie als Massie-Ghostwriter so überzeugend war.

Massie hingegen hatte das Gefühl, im falschen Film zu sein. Was zum Teufel war hier los? Sie ließ ihre Freundinnen den Rest der Fahrt über Dylans Geburtstagsparty reden und las weiter ihre Englischhausaufgabe. Im Moment war dies das Einzige, was irgendwie noch Sinn machte.

Das Auto hielt vor der OCD an und Massie überflog rasch die Leute, die auf dem Rasen vor der Schule saßen. Alles schien normal zu sein. Keine Strumpfhosen unter Shorts in Sicht, nicht einmal bei den Indie-Mädchen.

Massie schloss daraus, dass es eine Insidersache war.

Die vier Buntstifte stiegen aus dem Wagen und liefen auf die Schule zu. Sie bewegten sich selbstbewusst und sahen auf die anderen »normalen« Leute herab, die keine Ahnung vom neuesten Trend hatten.

Zum allerersten Mal sah Massie aus, als wäre sie ausgeschlossen. Hoffentlich dachten die anderen Schüler jetzt nicht, dass Alicia, Dylan und Kristen Claire plötzlich lieber mochten als Massie. Massie selbst hätte das sicher gedacht.

»Claire, ich halte dann einen Platz für dich in Mathe frei«, sagte Kristen. »Außer du bist vor mir da, dann hältst du mir einen frei, ja?«

»'kay.« Claire ging auf ihren Schrank zu. *Sieg!*

Sie liefen alle in unterschiedliche Richtungen davon und ließen Massie alleine im Flur stehen.

»Massie«, rief eine Stimme vom anderen Ende des Flures. »Ich bin ja so froh, dass ich dich gefunden habe.« Es war

Layne. »Auch wenn Chris am nächsten Samstag nicht mit dir reiten kann, ich komme. Ich weiß, am letzten Wochenende habe ich versagt, weil ich Trixie nicht reiten wollte, aber diesmal schaffe ich es, das schwöre ich. Und ich bring meine große Kamera mit, dann können wir Bilder machen . . .«

»Layne, möchtest du nicht hiervon mal ein Bild machen?«, fauchte Massie wütend und zeigte Layne einen Vogel. Dann zog sie die völlig verdatterte Layne in die nächste Mädchentoilette und senkte die Stimme. »Habe ich dir nicht gesagt, dass du mich in der Schule nicht ansprechen sollst und unsere Pläne geheim bleiben müssen?«

»Ja, aber ich dachte, das wäre nur Spaß«, erwiderte Layne. »Ich dachte, du hättest nur Spaß gemacht.« Ihre Stimme zitterte.

»Ach ja? Hab ich aber nicht«, entgegnete Massie. »Und außerdem kann ich an diesem Wochenende auch nicht reiten gehen, also sind unsere Pläne abgeblasen. Um genau zu sein, nicht nur für dieses Wochenende, sondern für immer.«

Sie wusste, sie war viel zu gemein, und sie hatte sogar einen Anflug von schlechtem Gewissen, aber sie konnte einfach nicht anders. Ihre ganze Welt brach heute zusammen.

»Na fein. Dann vergiss mich einfach, *für immer!*«, schrie Layne und eilte mit Tränen in den Augen den Flur entlang davon.

DAS GÄSTEHAUS
CLAIRES ZIMMER

19 Uhr 55
17. September

Von diesem Tag an begannen überall an der Schule knallbunte Strumpfhosen aufzutauchen. Die meisten, wenn auch nicht alle, trugen sie mit Jeans-Shorts kombiniert. Dünne Mädchen kombinierten sie mit Miniröcken, andere wiederum trugen sie unter zerrissenen Jeans, sodass die Farben durch die Löcher schimmerten. Claire konnte nicht fassen, dass sie selbst für diesen Trend verantwortlich war ... Wenn die wüssten!

Claire saß auf ihrem Bett und starrte aus dem Fenster, von dem aus sie Massies Zimmer sehen konnte. Sie war fast krank vor Aufregung.

Die Zeit bis zu Massies Abendspaziergang – 20 Uhr 15 – konnte nicht schnell genug vergehen.

Den ganzen Tag hatte Claire darüber nachgedacht, welche Nachrichten sie Kristen, Alicia und Dylan heute schreiben würde, während Massie mit Bean und ihrem Vater unterwegs war. Welches Outfit sollten sie als Nächstes tragen? Mit wem sollten sie sich anfreunden? Welchen Klatsch würden sie ihr wiederum mitteilen? Sie wusste, es war ein unglaubliches Risiko, in Massies Zimmer zu schleichen, am Computer ihre Rolle anzunehmen und ihren Freundinnen zu sagen, wie sie sich verhalten sollten. Und sie wusste, dass das, was sie tat, nicht gerade »nett« oder »fair« war, aber gleichzeitig fühlte sie sich sündhaft gut dabei. Außerdem hatten diese Mädchen sie absolut gemein behandelt, oder? Sie hatten es verdient, alles mit gleicher Münze heimgezahlt zu bekommen. Vielleicht war es letztlich sogar ein gutes Werk, was sie tat. Vielleicht würde etwas Demut diese gemeine Glamour-Clique zu netteren Menschen machen! Claires Überlegungen wurden von einer elektronischen Version der amerikanischen Nationalhymne unterbrochen. Es dauerte einen Moment, bis Claire klar wurde, dass es ihr neues Handy war, das da klingelte. Sie zog es aus dem Rucksack.

»Hey, Alicia.« Claire betrachtete sich im Spiegel, während sie sprach. »Was machst du?«

»Ich probiere gerade ein paar alte Silberarmbänder an, die meine Mom ausrangiert hat«, erzählte Alicia.

»Wie alt sind sie denn?«, fragte Claire.

»Von der letzten Saison.«

Claire blickte auf die ausgefransten Bändchen an ihrem eigenen Handgelenk. Die ursprünglichen Farben waren verblasst und sahen gelblich aus, weil Claire die Bänder auch unter der Dusche anbehalten hatte. Warum hatte sie das noch nie vorher bemerkt? Sie musste sie abmachen.

Sie schnitt sie mit einem Nagelknipser ab, während Alicia versuchte herauszufinden, was sie aussortieren sollte, bevor ihre Mutter den Rest für Wohltätigkeitszwecke verschenkte.

Claire sah, wie das Licht in Massies Zimmer gelöscht wurde, und wusste, es war Zeit, zu handeln.

»Alicia, kann ich dich in einer Viertelstunde zurückrufen? Ich muss meiner Mutter schnell bei etwas helfen«, entschuldigte sich Claire.

»Klar, aber bevor ich es vergesse«, sagte Alicia. »Ich habe dich angerufen, weil ich wissen wollte, ob du Lust hast, mit shoppen zu gehen, damit wir für Dylans Party was zum Anziehen haben. Ich habe Lust auf Geldausgeben.«

»Sicher«, antwortete Claire. »Ich bin auch immer froh, wenn ich eine Entschuldigung habe, Geld auszugeben.«

Claire beschloss die Frage, woher sie das Geld haben würde, später zu lösen. Im Moment war sie nur einfach glücklich, dass sie eingeladen wurde.

Sie klappte Mr Riveras Mobiltelefon zu und machte das Licht aus. Es war 17 Minuten nach 20 Uhr und Massie würde in weniger als einer Viertelstunde wieder zurück sein.

Claire hatte ein Bein aus dem Fenster, als sie ein Klopfen an der Tür hörte.

»Was ist denn?«, sagte Claire.

»Du willst doch nicht etwa ohne mich gehen, oder?«, antwortete Todd. Er trat in ihr Zimmer und stand mit in die Hüften gestemmten Fäusten da wie Superman – von Kopf bis Fuß in Schwarz gekleidet.

»Oh nein!«, wehrte Claire ab und schwang ihr Bein wieder zurück ins Zimmer.

»Wenn ich nicht gehe, gehst du auch nicht«, erwiderte Todd.

Claire blickte auf ihre Uhr.

»Na gut«, gab sie nach. »Aber sei bloß still.«

Wahrscheinlich war es besser, wenn sie sich diesmal an Kendra vorbeischlichen, damit diese sich nicht wunderte, warum Claire immer dann zu den Blocks kam, wenn Massie gerade weg war.

Sie schafften es problemlos die Treppe hinauf und in Massies Zimmer. Todd hielt an der Tür Wache, während Claire sofort an den Computer ging. Sie drehte die Lautstärke herunter und schrieb eine erste IM. Diese war an BigRedhead. Das musste Dylan sein.

MASSIEKUR:	WAS LÄUFT?
BIGREDHEAD:	BIOHAUSAUFGABE ☹
MASSIEKUR:	WAS ZIEHST DU DENN BEI DEINER PARTY AN?
BIGREDHEAD:	VIELLEICHT DEN WILDLEDERROCK AUS BARNEY'S KATALOG, S. 23
MASSIEKUR:	GLAUBST DU, DEINE BEINE SEHEN IN EINEM MINI GUT AUS?

Claire konnte selbst kaum glauben, dass sie so tief gesunken war. Sie hätte nicht in einer Million Jahren von sich gedacht, dass sie einmal ein Mädchen wegen ihres Gewichts aufziehen würde. Aber auf der anderen Seite hatte sie sich auch nie ausmalen können in eine so verzwickte Lage zu geraten wie jetzt.

BIGREDHEAD:	WARUM?
MASSIEKUR:	NUR SO. G2G, CLAIRE KOMMT GERADE
BIGREDHEAD:	WARTE! FINDEST DU, ICH HABE DICKE BEINE?????
BIGREDHEAD:	MASSIE!
BIGREDHEAD:	BIST DU NOCH DA?

BIGREDHEAD HAS SIGNED OFF 20.29

Claire schloss Dylans Nachricht, um sicherzugehen, dass Massie sie nicht fand. Dann verschwand sie mit Todd so schnell, wie sie gekommen war.

Am nächsten Morgen im Auto war Dylan sehr schweigsam. Sie trug einen langen Rock, der über den Boden schleifte, und ein weites Sweatshirt.
»Waschtag?«, fragte Alicia, als sie Dylan sah.
»Nein.« Dylan sah Massie gereizt an. »Mir ist nur kalt.«

BEI DEN BLOCKS
MASSIES ZIMMER

20 Uhr 19
18. September

Wie am Abend vorher schlich Claire sich in Massies Zimmer. Kristen war die Nächste, aber mit ihr würde es schwerer werden als mit Dylan, denn Claire hatte keine Ahnung, was Kristens schwacher Punkt war. Sie wusste, dass Kristen im Grunde ein Streber war, aber das war auch schon alles.
Claire überraschte es nicht, zu sehen, dass SexySportsbabe eingeloggt war. Jeden Abend, an dem sie an Massies Computer gesessen hatte, war Kristen online gewesen, wahrscheinlich wegen ihrer Hausaufgaben.
»Die Luft ist rein«, meldete Todd.
»Danke. Gib mir um 20 Uhr 27 ein Zeichen«, bat Claire.
Todd nickte und Claire machte sich im Dunkeln an die Arbeit.

MASSIEKUR: BIST DU DA?
SEXYSPORTSBABE: WIE IMMER
MASSIEKUR: HAUSAUFGABEN?
SEXYSPORTSBABE: GLAMBITION. MUSS EINE EINS BEKOMMEN
MASSIEKUR: WAS, WENN NICHT?
SEXYSPORTSBABE: WILLST DU NICHT WISSEN
MASSIEKUR: ELTERN?
SEXYSPORTSBABE: ALLES

MASSIEKUR: ???
SEXYSPORTSBABE: VERGISS ES
MASSIEKUR: NEIN, SAG!
SEXYSPORTSBABE: NICHTS WEITER

Todd pfiff leise. Claire hatte noch vier Minuten, um Kristen ein Geheimnis zu entlocken.

MASSIEKUR: GEHEIMNIS GEGEN GEHEIMNIS?
SEXYSPORTSBABE: NEIN
MASSIEKUR: KOMM SCHON. ICH HAB AUCH WAS, WAS ICH NOCH NIEMAND ERZÄHLT HABE
SEXYSPORTSBABE: EHRENWORT?
MASSIEKUR: EHRENWORT
SEXYSPORTSBABE: 'KAY. DU ZUERST
MASSIEKUR: DU WEISST JA, DASS ICH JEDES WE MIT CA UNTERWEGS WAR?
SEXYSPORTSBABE: KLAR
MASSIEKUR: LAYNE WAR JEDES MAL DABEI
SEXYSPORTSBABE: OMG
MASSIEKUR: HAB SIE NACH DER SCHULE AUCH MIT IN DEN KOSMETIKSALON GENOMMEN
SEXYSPORTSBABE: OMG X2
MASSIEKUR: JETZT DU
SEXYSPORTSBABE: OK, ABER NIEMANDEM WEITERSAGEN! DU WEISST DOCH, DASS ICH MIR IMMER SORGEN WEGEN MEINER NOTEN MACHE. DAS IST NICHT NUR, WEIL ICH STRENGE

ELTERN HABE, SONDERN WEIL ICH ARME ELTERN HABE. ICH BIN MIT EINEM STIPENDIUM AN DER OCD

MASSIEKUR: OMG X3. DACHTE, DEIN VATER WÄRE REICHER KUNSTHÄNDLER

SEXYSPORTSBABE: WAR!

MASSIEKUR: ABER DU WOHNST IM MONTADOR!

SEXYSPORTSBABE: NEBENDRAN. PST! NIEMANDEM ERZÄHLEN! NICHT MAL FÜR KLATSCHPUNKTE. OK?

Todd pfiff seinen letzten Warnruf. Claires Zeit war um.

MASSIEKUR: G2G

MASSIEKUR HAS SIGNED OFF 20.30 UHR

Claire wusste, ihr abruptes Sign-off würde Kristens Nerven bloßlegen und sie würde es schwer bereuen, Massie ihr Geheimnis gebeichtet zu haben.
Claire versuchte zu lächeln, aber ihr Kopf hämmerte plötzlich. Unwillkürlich griff sie nach ihren alten Armbändern – mit ihnen zu spielen hatte immer ihre Nerven beruhigt. Nanu? Sie blickte auf ihr Handgelenk und ihr fiel ein, dass sie die Bänder ja abgeschnitten hatte.

BEI DEN BLOCKS
MASSIES ZIMMER

20 Uhr 34
19. September

Es wurde kühl während der nächtlichen Spaziergänge. Massie störte die kalte Luft überhaupt nicht, denn dadurch hatte sie wenigstens eine Entschuldigung, Hüte und Schals zu kaufen. Aber Bean mochte es gar nicht.

Sie zitterte in Massies Armen, obwohl sie bereits im Haus waren und sie in einen grauen Kaschmirpulli und Hundestiefel gekleidet war. Massie saß auf ihrem Bett und löste Beans Schnürsenkel, während sie die Unterhaltung mit ihrem Vater fortführte.

»Dad!«, sagte Massie vorwurfsvoll. Sie kämpfte darum, Beans letzten Stiefel herunterzubekommen, während die Hundedame bereits wegspringen wollte. »Wenn ich dich frage, wie ich die nächste Grande Dame der Kosmetikindustrie werden kann, will ich nicht hören, dass ich den Geschäftsführer von Revlon heiraten soll.« Sie seufzte leicht frustriert, aber durchaus liebevoll. »Was, wenn ich dich ernst nehmen würde?«

»Dann wärst du nicht meine Tochter«, antwortete William, beugte sich vor und küsste Massie auf die Stirn. Er musste an ihrer Schnute gemerkt haben, dass sie sich damit nicht zufrieden geben würde. »Okay, du willst einen echten Rat?«, sagte er. »Finde heraus, welche Art von Make-up die Mädchen an deiner Schule am häufigsten benutzen, egal, ob

Lippenstift oder Augenschminke oder was auch immer, und dann kaufe es im Großhandel auf.«

»Wie soll mir das dabei helfen, unschlagbar beliebt zu werden?«, fragte Massie.

»Oh, das ist die Motivation?«, fragte William. »Liebes, ich mag ein erfolgreicher Geschäftsmann sein, aber ich war nie ein Experte für Beliebtheit.«

»Ich hätte es ja wissen müssen.« Ein ironisches Lächeln machte sich auf Massies Gesicht breit.

»Was meinst du damit?«, fragte William nach und versuchte beleidigt zu klingen.

»Na, wenn man ausgerechnet Jay Lyons als besten Freund hat«, antwortete Massie.

»Bean«, sagte William. »Dein Frauchen ist gemein.« Er strich dem winzigen Hund über den Kopf und gab Massie noch einen Gutenachtkuss, bevor er das Zimmer verließ.

Bean zitterte immer noch, also stellte Massie ihren Föhn an und föhnte sie trocken.

Sie griff in die Schublade ihrer Kommode und holte eine babyblaue Kaschmirdecke heraus, auf die ein weißer Feuerhydrant genäht war. Darin wickelte sie Bean wie ein neugeborenes Baby ein und drückte den zitternden Hund an sich.

Sie hörte ein Klingeln und es dauerte einen Moment, bis sie es ortete.

Mit dem Hund in einer Hand und der Maus in der anderen, sah Massie nach, wer ihr eine IM schickte. Sie strich sich übers Haar, nur für den Fall, dass es Chris Abeley war.

SEXYSPORTSBABE: BITTE NIEMAND WEITERSAGEN!!!
MASSIEKUR: WAS?
SEXYSPORTSBABE: ES IST MEIN ERNST!

MASSIEKUR: KEINE AHNUNG, WOVON DU SPRICHST

SEXYSPORTSBABE: DANKE ☺

OCTAVIAN COUNTRY DAY SCHOOL
In der Umkleide

11 Uhr 40
20. September

Wo ist denn Claire?«, fragte Alicia Massie. Sie zogen sich gerade zum Tennisspielen um. Sie hatten alle Tennis als Wahlsportfach gewählt, weil schwimmen das Haar austrocknete, Yoga langweilig und Kampfsportarten wie Tae Bo völlig out waren.

»Woher soll ich das denn wissen?«, fuhr Massie sie an.

»Ist sie nicht deine neue beste Freundin?« Alicias Stimme enthielt einen Hauch von Bitterkeit.

»Ich bin nicht diejenige, die ihr ein Handy geschenkt hat.« Massie drehte sich zu Kristen. »Oder sie gefragt hat, ob sie sich nicht für Tennis eintragen will.«

»Sie hat mir ihren Ersatzschläger gegeben, damit ich keinen zu kaufen brauchte, also was sollte ich denn da machen?«, wehrte sich Kristen.

»Seit wann kannst du dir keinen eigenen Schläger leisten?«, erwiderte Massie.

Kristen wurde steif. Ihre wasserblauen Augen wurden dunkel und ihr Gesicht knallrot.

»Das ist wirklich nett, vielen Dank!«, sagte sie aufgebracht.

»Was ist denn?«, fragte Massie.

Dylan trat von der Waage und kam zu ihnen herüber. »Ich werde nie mehr etwas essen«, stellte sie fest.

»Vielleicht solltest du ja erst einmal dieses Zelt ablegen, das

du Kleid nennst, bevor du auf die Waage steigst«, witzelte Massie. »Das Ding wiegt allein wahrscheinlich schon 15 Pfund.«
»Aber das ist ja noch wenig im Vergleich zu meinen dicken Beinen, oder Massie?«, fragte Dylan bissig.
Massie lachte. Sie dachte, Dylan mache Witze, doch sobald der Rock durch die Luft auf sie zuflog, merkte sie, dass das nicht stimmte.
»Hey, wer seid ihr denn eigentlich und was habt ihr mit meinen Freundinnen gemacht?«, rief Massie verblüfft.
»Du meinst wohl Claire, Chris und LAYNE!«, schrie Kristen. Sie schlug ihren Schrank zu, nahm ihren Tennisschläger und rannte aus der Umkleide. Dylan ging sofort danach und Alicia folgte ihnen.
Zum zweiten Mal in ihrem Leben stand Massie ganz alleine da.
Sie holte tief Luft und ging in die geheizte Kunststoffblase, die um diese Jahreszeit die Tennisplätze umgab. Kristen, Alicia, Dylan und Claire hatten bereits Teams für zwei Doppel gebildet und Massie musste sich selbst eine Partnerin suchen.
Sie hatte das Gefühl, alle beobachteten sie und warteten nur darauf, was sie als Nächstes tat.
»Oh, deine Tennisschuhe sind ja süß«, sagte sie zu Saylene Homer. »Ich kann gar nicht glauben, dass du Tennisschuhe mit Strasssteinen gefunden hast.«
»Danke, Massie, ich habe die Steine selbst draufgeklebt.« Saylene leckte sich über den Daumen und polierte damit einen der Steine.
Hinter ihrem Rücken hatte Massie von Saylene immer als Homer Erectus gesprochen, weil sie dank lebenslanger Bal-

lettstunden eine perfekte Haltung hatte. Saylene band ihr superlanges Haar stets in einen irritierend hoch angesetzten Pferdeschwanz und trug es nur zu Geburtstagspartys und Tanzveranstaltungen offen. Aber unter den gegebenen Umständen war sie zumindest als Tennispartnerin noch akzeptabel.

»Du hast ja solches Glück«, sagte Massie.

»Ach ja?« Saylene klang verwirrt. »Warum denn?«

»Na ja, nicht nur, dass du das schönste Haar in der ganzen Schule hast, jetzt bist du auch noch eine der besten Tennisspielerinnen«, erklärte Massie. »Du musst viel gespielt haben während der Sommerferien.«

»Nein, eigentlich nicht«, erwiderte Saylene. »Vielleicht liegt es an den Schuhen.«

Massie ließ ihr bestes gespieltes Lachen hören. »Vielleicht«, sagte sie. »Hast du Lust, mit mir zu spielen? Ich würde unheimlich gerne mal mit jemandem spielen, der besser ist als ich. Das ist eine so gute Übung.«

Saylene schaute sich nach ihren üblichen Partnern um. Sie befanden sich auf dem Feld nebenan, ließen Bälle auf ihren Schlägern tanzen und warteten darauf, dass sie zu ihnen kam.

»Ähhmm«, zögerte Saylene. Sie sah sich noch einmal um und merkte, dass ihre Freundinnen inzwischen bereit waren, ohne sie anzufangen. »Okay, geht in Ordnung.«

Saylene und Massie saßen auch in der Mittagspause zusammen, weil sie beide irgendwie von ihren üblichen Cliquen getrennt worden waren. Massie verbrachte den Rest ihres Tages damit, um neue Freundinnen zu werben. Sie gratulierte Suze Gellert dafür, dass sie zehn Unterrichtsminuten »totgeschlagen« hatte, als sie mit dem Mathelehrer über eine

Lösung diskutierte (auch wenn sich zum Schluss herausstellte, dass sie Unrecht gehabt hatte). Sie versprach Denver Gold bis zum Ende der Woche eine bestimmte CD für sie zu brennen und teilte den Kopfhörer mit Aimee Colt, damit sie beide gleichzeitig Massies iPod lauschen konnten. Sie kam sich vor wie eine Politikerin, die verzweifelt auf Stimmenfang geht. Das Einzige, was noch fehlte, war ein Baby, das sie für die Fotografen küssen musste.

Sie wusste, dass sie es – wenn es sein musste – mit diesen neuen Leuten auch durch das Jahr schaffen konnte. Sie würden zusammen die Mittagspause verbringen, ins Kino und vielleicht sogar shoppen gehen, aber es wäre nicht das Gleiche. Sie hasste es bereits, wie ihre Stimme klang, wenn sie mit ihnen redete. Viel zu laut und fremd. Jetzt, wo sie allein war, wurde ihr alles, was sie tat oder sagte, viel stärker bewusst.

Hat Aimee meine Musik vielleicht kitschig gefunden? War Saylene der Meinung, ich hätte den Tisch an der Wand wählen sollen statt einen am Fenster? Findet Suze mein Lachen nasal?

Massie war außerhalb ihrer üblichen Wohlfühlzone und alles kam ihr merkwürdig vor. Das gleiche Gefühl bekam sie immer, wenn sie in einem fremden Haus schlief und am nächsten Tag mit geborgter Kleidung nach Hause fuhr. Nichts war mehr vertraut. Sie vermisste die Selbstsicherheit, die sie mit Alicia, Kristen und Dylan empfand. Während der letzten drei Jahre waren sie ihre Schwestern geworden. Wenn sie aufhörten Teil ihres täglichen Lebens zu sein, würde Massie sich wieder fühlen wie vorher, bevor sie sich alle kennen gelernt hatten. Wie ein Einzelkind.

Massie sah die neue Viererclique im Flur an sich vorbeilaufen. Noch vor ein paar Tagen waren sie die besten Freundinnen gewesen, aber jetzt sahen sie sie nicht einmal mehr an. Wie schnell die Dinge sich doch ändern konnten. Sie wusste, das plötzliche Gelächter ihrer Exfreundinnen war gespielt und nur dazu da, Massie denken zu lassen, dass sie bei etwas ganz Tollem fehlte. Schließlich war sie selbst diejenige, die ihnen diesen Trick beigebracht hatte. Doch anstatt mit der gleichen Strategie zurückzuschlagen, versuchte sie es mit einer neuen.

Sie beugte sich ganz nahe zu Saylene, während sie den Flur entlangliefen, damit es aussah, als lausche sie ihr interessiert. Warum sollte sie ihre Exclique nicht glauben lassen, dass sie und Homer Erectus jetzt die dicksten Freundinnen waren? Massie hoffte, das würde sie vor Eifersucht platzen lassen. Aber wenn es so war, dann zeigten sie es nicht.

Massie wartete nach der Schule bis zehn vor vier auf sie, doch sie tauchten nicht auf.

»Wo sind denn alle anderen?«, fragte Isaac, als er Massie allein aufs Auto zukommen sah.

»Nachsitzen«, antwortete Massie. »Alicias Fahrer wird sie abholen. Wir können fahren.«

Die Fahrt nach Hause verlief schweigend. Unterwegs kamen sie an Kristen, Alicia, Dylan und Claire vorbei. Das neue Kleeblatt lief barfuß die Briar Patch Lane entlang und hielt die hochhackigen Schuhe in den Händen. Sie sahen aus, als machten sie einen Strandspaziergang.

Massie glitt auf dem Ledersitz nach unten, um nicht entdeckt zu werden. Sie spürte Isaacs Blick auf sich und war dankbar, dass er nicht nachfragte.

Sobald das Auto vor dem Haus anhielt und Isaac die Türen entriegelt hatte, rannte Massie geradewegs in ihr Zimmer, ohne sich noch für die Fahrt zu bedanken. Sie loggte sich in ihren Computer ein und hoffte, ihre Freundinnen wären online, aber sie hatte kein Glück. Wahrscheinlich waren sie immer noch auf dem Heimweg. Sie rief jede von ihnen an, aber keine nahm ab. Sie begann sogar Claires Nummer zu wählen, doch nach drei Zahlen brach sie ab – so verzweifelt war sie nun auch wieder nicht.

Sie hatte drei neue E-Mails. Eine war von info@purpleskirt.com, eine war von DailyCandy und die andere von Chris Abeley. Sie klickte sie an und ihr Herz klopfte heftig, als sie diese endlose halbe Sekunde darauf wartete, dass die Nachricht erschien.

HI M, WIE LÄUFT'S DENN SO? IST ALLES IN ORDNUNG ZWISCHEN DIR UND LAYNE? SIE SCHEINT IRGENDWIE ANGESÄUERT

BTW – KANN NÄCHSTE WOCHE NICHT REITEN GEHEN, HAB SO VIEL UM DIE OHREN. CHRIS

Jetzt müssten nur noch ihre Eltern verkünden, dass sie ohne ihre Tochter nach Europa umzögen und Massies Tag wäre perfekt.

Schließlich drang ein vertrautes Klingeln an ihr Ohr. SexySportsbabe hatte ihr eine Nachricht geschickt.

SEXYSPORTSBABE: NUR DAMIT DU BESCHEID WEISST. ICH HABE FÜR MORGEN EINE MITFAHRGELEGENHEIT. DU BRAUCHST MICH NICHT ABZUHOLEN

MASSIEKUR: WAS IST DENN LOS???

SEXYSPORTSBABE: HÖR AUF SO UNSCHULDIG ZU TUN.

	ICH HABE DIR VERTRAUT. DU HAST GESAGT, DU WÜRDEST ES FÜR DICH BEHALTEN!!!
MASSIEKUR:	WAS DENN? ICH HABE WIRKLICH KEINE AHNUNG, WOVON DU REDEST!

Massie wählte Kristens Handynummer.

MASSIEKUR:	ICH BIN'S, GEH RAN

»Du hast drei Minuten«, sagte Kristen.
Massie wusste, es war ihr Ernst, und sie war dankbar, dass sie überhaupt mit ihr sprechen durfte.
»Kristen, zum letzten Mal, ich habe keine Idee, von welchem Geheimnis du redest«, sagte Massie.
»Du hast mir erzählt, wie gut du dich mit Layne angefreundet hast, und ich ...«
»Ich habe dir nie erzählt, wie gut ich mich mit Layne angefreundet habe«, unterbrach Massie. »Wer hat das behauptet?«
Kristen begann zu berichten wie eine Detektivin. »Gestern Abend um genau 20 Uhr 26 hast du mir im Chat erzählt, dass du mit Layne die Wochenenden verbracht hast, und dann habe ich dir erzählt ...«
»Warte mal«, sagte Massie.
»Hör auf, mich ständig zu unterbrechen!«
»Aber um 20 Uhr 26 war ich mit Bean draußen. Als ich dir später am Abend die Nachricht schickte, dass ich nicht wüsste, wovon du sprichst, war das mein voller Ernst«, sagte Massie.
Sie hob Bean von ihrem Schoß und setzte sie sanft auf den

Boden ab. Bei diesem schwierigen Gespräch musste sie umherlaufen.

»Und wie erklärst du dann, dass die IMs von deinem Computer kamen?«, fragte Kristen.

»Ich habe keine Ahnung«, sagte Massie.

»Warum sollte ich dir das glauben?«, fragte Kristen.

»Weil ich bestimmt eine viel bessere Entschuldigung hätte, wenn ich dich anlügen würde«, sagte Massie.

Kristen stieß ein zittriges Lachen aus. »Das stimmt.«

WALNUT ROAD

16 Uhr 55
20. September

Claire und Alicia befanden sich auf dem letzten Stück ihres langen Weges nach Hause. Alicia redete über etwas, was während der letzten Schulstunde passiert war, aber Claire hörte gar nicht so genau zu. Sie war zu beschäftigt damit, über ihre neuen »Freundinnen« nachzudenken.

Claire wusste, die Mädchen waren nur aus zwei Gründen nett zu ihr: Erstens weil Claire sie glauben gemacht hatte, dass Massie Claire mochte; und weil sie zweitens aufgehört hatten, Massie zu mögen.

Aber das war Claire egal, jedenfalls so ziemlich. Außerdem war alles besser, als ignoriert zu werden, oder? Sie wollte an diesem falschen Gefühl von Sicherheit so lange wie möglich festhalten. Selbst wenn sie nachts nicht einschlafen konnte und überhaupt furchtbare Bauchschmerzen dabei hatte.

Sie hatten sich vor vier Blocks von Kristen und Dylan verabschiedet und waren jetzt kurz vor Alicias Zuhause.

»Gott sei Dank, wir haben es geschafft«, stellte Alicia fest. Sie schleifte ihre Prada Messenger Bag über den Boden.

»Wir müssen mindestens sechs Meilen gelaufen sein«, sagte Claire.

»Das war es wert. Das Letzte, was ich hätte tun wollen, wäre, mit Massie Blech im selben Auto zu fahren«, erklärte Alicia.

»Ich weiß.« Claire verdrehte die Augen. »Ich bin auch nicht gerade begeistert, in dieses Haus zurückzumüssen.« Sie tat alles, was sie konnte, um die Mädchen in ihrer Anti-Massie-Stimmung zu halten.

»Musst du ja auch nicht.« Alicias Augen funkelten. »Gehen wir doch einfach los und kaufen uns was zum Anziehen für Dylans Geburtstagsparty.«

Claire wusste nicht, wie sie Alicia beibringen sollte, dass sie gerade mal drei Dollar in der Tasche hatte und das meiste davon in Münzen.

»Würde ich ja liebend gern, aber ich habe meine Kreditkarten zu Hause gelassen«, sagte Claire.

»Kein Problem, ich zahle«, bot Alicia an.

»Das kann ich nicht annehmen«, lehnte Claire ab.

»Aber sicher kannst du«, widersprach Alicia. Sie holte fünf verschiedene Kreditkarten heraus und hielt sie hoch wie das Gewinnerblatt beim Poker.

Normalerweise hätte Claire sich stärker gesträubt, aber sie hatte schon mehrere Male gesehen, wie Alicia für die anderen Mädchen bezahlt hatte, und niemand schien groß darüber nachzudenken. Es gefiel ihr, dass Alicia das auch für sie tun wollte. Nicht nur wegen der schicken Klamotten, die sie so umsonst bekäme, sondern auch weil es ein Freundschaftsbeweis von Alicia war.

Wie sonst wäre Claire in der Lage gewesen, das gepunktete DKNY-Kleid ($ 248) zu kaufen, die Marc-Jacobs-Schuhe ($ 265), die BCBG-Tasche ($ 108) und die Haarspange ($ 32). Die Gesamtsumme (ohne Steuer) belief sich auf 653 Dollar. Das waren genau 53 Dollar mehr, als sie von dem Geburtstagsgeld gespart hatte, das ihre Großmutter ihr jedes Jahr schickte.

Es war dunkel draußen, als Claire schließlich von Alicias Fahrer abgesetzt wurde. Als sie über den Weg zum Gästehaus lief, schaute sie zu Massies Fenster hoch und sah sie allein an ihrem Computer sitzen. Claire schluckte.

Okay, dann wirkte Massie eben irgendwie bemitleidenswert, wie sie da ganz alleine hockte. Andererseits war Claire diejenige, die auf die Ladefläche des Autos verbannt und in der Schule ignoriert worden war. *Ihr* hatten sie die Hose voll geschmiert, Essen über den Kopf geschüttet und – was am allerschlimmsten war – dann auch noch Layne weggenommen. Wenn sie sich das wieder vor Augen führte, fühlte sie sich nicht mehr so gemein. Sie war schließlich das Opfer gewesen. Das bedeutete, dass sie alles tun konnte, was sie wollte, damit es ihr besser ging. Oder etwa nicht?

»Wo warst du denn bloß?«, fragte Judi. Sie kam aus der Küche in den Flur.

Claire schob die Einkaufstüten in den Flurschrank und schaffte es, ihn wieder zu schließen, bevor ihre Mutter auftauchte.

»Und was hast du mit deinem Haar gemacht?«, fügte Judi hinzu. Claires Pony war aus ihrem Gesicht gesteckt.

»Entschuldige, ich bin nach der Schule noch mit zu Alicia gegangen, um zu lernen«, schwindelte Claire. Wie hatte sie nur vergessen können, zu Hause anzurufen.

»Ich bin fast umgekommen vor Sorgen«, beschwerte sich ihre Mutter. »Ich habe sowohl bei Layne also auch bei Massie angerufen und keine von ihnen hatte die geringste Ahnung, wo du bist. Habe ich dir nicht schon im Alter von fünf Jahren beigebracht, dass du zu Hause anrufen sollst, wenn du dich verspätest.«

»Es tut mir Leid, okay?«, erwiderte Claire hitzig.

»Diese Entschuldigung ändert nichts an der Tatsache, dass du nicht angerufen hast«, stellte Judi fest. »Die nächsten zwei Wochen kommst du bitte sofort nach der Schule nach Hause.«
Claire konnte ihr Pech nicht fassen. »Ich dachte, du wolltest, dass ich neue Freundinnen finde! Und jetzt, wo ich es endlich geschafft habe, willst du mich nicht mit ihnen weggehen lassen?«
»Darum geht es nicht«, entgegnete Judi.
Aber Claire interessierte nicht, »worum es ging«. Sie rannte die Treppe hinauf und schlug die Tür ihres Zimmers hinter sich zu. Eine gerahmte Schwarz-Weiß-Fotografie, auf der irgendeine Dame neben einem Dampfer wie der Titanic abgelichtet war, fiel scheppernd von der Wand auf den Boden.
Bevor Claire das Bild aufheben konnte, klingelte das Mobiltelefon von Mr Rivera. Sie ging sofort ran, damit ihre Mutter nicht merkte, dass sie ein Handy hatte.
»Claire? Wie geht's dir? Hier ist Kristen.«
»Meine Mutter ist ausgerastet, weil ich gerade erst nach Hause gekommen bin«, erzählte Claire.
»Wo warst du denn?« Kristen klang besorgt.
»Mit Alicia shoppen. Wir haben Outfits für Dylans Party gekauft.«
»Ich wusste gar nicht, dass du eine Kreditkarte hast. Ist ja toll«, sagte Kristen. Claire meinte, sie hätte ein wenig neidisch geklungen, und wusste auch genau, weshalb.
»Alicia hat bezahlt«, sagte Claire.
»Ach ja?«
»Macht sie doch immer. Vielleicht kann ich sie ja morgen dazu bekommen, mit mir noch mal shoppen zu gehen und den passenden Mantel dazuzukaufen.«

Claire hörte, wie jemand in der Leitung die Luft einsog, und wusste genau, was los war.

»Todd, leg auf!«, schrie sie. »Entschuldige bitte. Mein blöder Bruder hat mitgehört.«

»Kein Problem. Hör mal, ich muss Schluss machen. Es ist kurz vor acht, was bedeutet, meine Mutter wird mich gleich unterbrechen. Bis morgen dann, ja?«, sagte Kristen.

»Klar. Bis dann«, sagte Claire und beendete das Gespräch.

Mr Riveras Handy läutete erneut. Es war Dylan.

»Ich habe gehört, du hast ein tolles Outfit für meine Party gekauft«, sagte sie.

»Ja, echt supercool. Das Kleid ist total eng und die Schuhe sind wahnsinnig hoch«, erzählte Claire. »Alicia sagte, es sähe toll an mir aus.«

»Ich weiß, sie hat es mir erzählt«, sagte Dylan. »Sie hat mir auch erzählt, dass du auf eurem Heimweg ein paar Klatschpunkte gemacht hast.«

Claire spulte rasch den Tag vor sich ab und versuchte sich daran zu erinnern, ob sie irgendjemand erzählt hatte, dass Kristen dank Stipendium an der Schule war.

»Ach ja?«, fragte sie nach.

»Ja, du hast ihr von Massie und Layne erzählt«, sagte Dylan.

»Oh ja, das stimmt«, bestätigte Claire. »Die ganze Zeit, als Massie ihre Pläne mit euch abgesagt hat, um mit Chris Abeley rumzuhängen, war sie auch mit Layne zusammen.«

»Zwei Punkte«, sagte Dylan.

»Sie haben sogar ein paar Mal nach der Schule zusammen was unternommen«, fügte Claire hinzu.

»Noch ein Punkt«, sagte Dylan. »Woher weißt du das denn?«

»Layne hat es mir erzählt.«

Schweigen.
»Du weißt schon, als ich mit ihr unterwegs war«, erklärte Claire. »Bevor ich euch alle kennen gelernt habe.«
»Ich kann einfach nicht fassen, dass Massie uns angelogen hat.« Dylan klang verletzt. »Vielleicht sollte ich sie von meiner Party ausladen.«
»Warum nicht?«, meinte Claire. »Außer natürlich, du möchtest, dass sie dir ein schlechtes Gewissen verpasst, sobald du ein Stück von deinem eigenen Geburtstagskuchen isst.«
»Du hast ja so Recht«, sagte Dylan. »Sag mal, Claire, ist das das einzige Geheimnis, das du kennst?«
»Über Massie?«
»Über irgendjemand.«
Claire wusste, sie würde die doppelte Klatschpunktezahl bekommen, wenn sie Dylan von Kristens Stipendium erzählte, mindestens das Dreifache, wenn sie erzählte, dass Kristen arm war, und das Vierfache, wenn sie Kristens wahre Adresse enthüllte.
»Ja«, antwortete sie.
»Was ja?«, fragte Dylan.
»Ja, das ist alles.«
»'kay, danke. Bye«, sagte Dylan. Klick.
»Bye.« Alicia kicherte. Klick.
»Bis dann«, sagte Kristen. Klick.
...
»Schöne gute Nacht«, sagte Massie. Klick.
Claires Mund ging auf und zu und öffnete sich dann wieder, aber nichts kam heraus. Sie fühlte sich wie benommen und fragte sich kurz, ob sie wohl ohnmächtig würde, weil ihr Herz so heftig klopfte.

Wie sollte sie das denn nun jemals wieder in Ordnung bringen? Selbst ihre Eltern waren sauer auf sie. Wie hatte sie nur so blöde sein können? Sie hatte mit einem Handy telefoniert. Einem Handy! Todd konnte also gar nicht in der Leitung sein – sie war das Opfer einer Konferenzschaltung geworden.

These are a few of my favorite things . . .

Claire sang den Refrain immer und immer wieder. Nach dem dritten Mal beschloss sie jedoch, dass es Zeit war, sich ein neues Lied zu suchen. Dieses funktionierte nicht mehr.

BEI DEN RIVERAS
DIE KÜCHE

19 Uhr 58
20. September

Die Mädchen standen bei Alicia zu Hause barfuß auf dem glatten Marmorküchenblock. Sie griffen nach oben, um die schimmernden Kupfertöpfe und Pfannen abzunehmen, die an den Regalen über ihnen hingen. Zu ihrer Rechten befanden sich zwei glänzende Kühl- und Gefrierschränke und zu ihrer Linken zwei vor Sauberkeit blitzende Chromspülen.

»Beeilt euch«, flüsterte Alicia. »Meine Mom rastet aus, wenn sie uns ohne Strümpfe hier oben stehen sieht.«

Sobald sie alles hatten, was sie brauchten, setzten sie sich und machten eine kurze Verschnaufpause.

Massie verschwand im Flur und kam mit einer marineblauen L.-L.-Bean-Tasche zurück. Sie griff hinein, zog eine in Geschenkpapier eingewickelte Schachtel heraus und reichte sie Kristen.

»Was ist das?« Kristen zog die Schleife mit ihren Zähnen auf.

»Langsam«, wehrte Massie ab. »Warte, bis ich alle verteilt habe, damit ihr sie zusammen aufmachen könnt.«

Sobald Massie die letzte Schachtel ausgehändigt hatte, gab sie das Zeichen.

»Eins, zwei, drei, aufmachen!«, rief sie.

»Oh mein Gott!«

»Toll!«

»Wahnsinn!«
»Ich habe selbst auch eine.« Massie nahm ihre eigene weiße Satinrobe aus dem Papier und hielt sie vor sich. Auf der Rückseite stand in Purpurrot *Glambition* und auf der Vorderseite in der linken oberen Ecke *Massie*. Jede Robe war mit dem jeweiligen Namensschriftzug versehen.
»Das ist doch viel hübscher als Labormäntel, oder«, sagte Massie.
»Absolut!«, bestätigte Alicia.
Sie schlüpften in ihre Kittel und rollten die Ärmel hoch.
»Ich liebe unsere Firma«, schwärmte Kristen. »Jetzt müssen wir nur noch das Zeug herstellen.«
Der Ausflug nach Manhattan fand am Montag statt, sie hatten also nur noch zweieinhalb Tage, um ihr ganzes Sortiment zu kreieren.
Alicia reihte die sauberen, runden Pillendosen auf, die sie im Drugstore gekauft hatte. Dylan wählte die geeigneten Töpfe und Pfannen aus, ohne darauf zu achten, wie viel Lärm sie machte.
»Leise, du weckst sonst noch die Nachbarn«, mahnte Alicia. Das war natürlich nur ein Scherz – die Riveras besaßen ein so großes Grundstück, dass die nächsten Nachbarn mindestens eine Viertelmeile weit entfernt wohnten.
»Wenn wir schon von Nachbarn sprechen: Was wohl Claire gerade macht?«, überlegte Massie.
»Vielleicht ist sie zurück nach Nirgendwo gezogen«, antwortete Alicia.
»Sie muss bei unserem Anruf echt ausgeflippt sein«, meinte Massie. »Ich an ihrer Stelle würde wahrscheinlich die Schule wechseln.«
»Hoffentlich tut sie das auch«, warf Dylan ein.

»Ich kann gar nicht fassen, dass sie euch so lange täuschen konnte«, erklärte Massie.
»Und ich kann nicht fassen, dass sie sich jeden Abend in dein Zimmer schleichen konnte, ohne erwischt zu werden«, erwiderte Kristen.
»Ich weiß, es ist ziemlich beeindruckend.« Massie lächelte geistesabwesend. Sie sah auf und merkte, dass ihre Freundinnen sie anschauten, als hätte sie den Verstand verloren.
»Ich meine, ich bin total überrascht, dass sie überhaupt auf diese Idee kam. Ihr wisst schon, sonst tut sie ja immer so superbrav. Es war doch eher etwas, was wir tun würden.«
»Können wir jetzt bitte anfangen?« Kristen wedelte mit einem Stück Papier in der Luft.
»Sag mir einfach, was wir brauchen, und ich hole es heraus.« Dylan stand vor dem offenen Schrank, bereit, das herauszuziehen, was immer Kristen an Ingredienzien vorlas.
». . . drei Unzen Mandelöl, eine halbe Unze Bienenwachs, 2 Esslöffel Honig, 3–4 Tropfen Pfefferminzöl.«
»Woher hast du denn das Rezept?«, wollte Dylan wissen.
»Internet«, antwortete Kristen.
Kristen las die Anweisungen laut vor, damit Massie sie ausführen konnte.
»Schmelzen Sie das Mandelöl und das Bienenwachs in einer kleinen Pfanne bei schwacher Hitze, bis das Wachs weich ist«, las sie.
Sobald dieser Schritt ausgeführt war, machte Alicia weiter.
»Vom Herd nehmen. Fügen Sie Honig hinzu und vermischen Sie das Ganze sorgfältig«, las Kristen.
Alicia reichte den Holzlöffel nun an Dylan weiter. Kristen fuhr fort:
»Rühren Sie die Mischung gelegentlich um, während sie ab-

kühlt, um zu verhindern, dass sich die Bestandteile trennen. Sie sollte die Konsistenz von Vaseline haben, wenn sie fertig ist.«

Als Kristen alles vorgelesen hatte, nahm sie den Löffel von Dylan und rührte auch noch einmal um. Es war Kristen wichtig, dass bei der Kreation der Mixtur auch wirklich alle beteiligt waren.

Während der Gloss abkühlte, tauchte sie ihren Finger hinein und leckte ihn ab.

»Iiigitt.« Alicia rümpfte die Nase.

»Was denn? Alle Zutaten sind essbar«, verteidigte sich Kristen.

»Lass mich mal versuchen.« Dylan fuhr mit dem Finger am Rand des Topfes entlang und nahm dann eine Zungenspitze davon. »Gar nicht so schlecht.«

»Möchtest du auch probieren?« Dylan hielt Massie den Topf hin.

»Nein danke. Ich bin allergisch gegen Nüsse«, lehnte sie ab.

»Warum hast du mir das denn nicht gleich gesagt?« Kristen war enttäuscht. »Dann hätte ich ein anderes Rezept ausgesucht.«

»Ich besitze bereits Lipgloss«, erklärte Massie. »Ich tu das hier für unser Label!«

Die Mädchen lachten über Massies Versuch, wie eine Geschäftsfrau zu klingen. Aber Massies Lachen hatte einen ganz anderen Grund. Sie war glücklich, dass sie ihre Freundinnen zurückhatte.

DAS GÄSTEHAUS
ELTERNSCHLAFZIMMER

8 Uhr
29. September

Claire stolperte an der Reihe von Familienfotos vorbei, die an einer Wand im Zimmer ihrer Eltern lehnte, und warf sich auf das schmiedeeiserne Bett. Sie war erleichtert zu sehen, dass die Fotos noch nicht aufgehängt waren. Wenn das Haus nicht richtig eingerichtet war, bedeutete das vielleicht, dass sie nicht mehr allzu lange blieben. Vielleicht würden sie ja früher ausziehen, als sie dachte.

Sie hüllte sich in die gerüschte Tagesdecke im Country-Stil und rollte sich ganz eng zusammen.

»Mom, mir geht es nicht gut«, jammerte sie.

Judi war im Badezimmer, nur in BH und Strumpfhose gekleidet, und föhnte ihr Haar. Ihr winziger tragbarer Fernseher stand auf einem Stapel Selbsthilfebücher am Waschbecken. Sie war geradezu süchtig nach *Nachgefragt*. Claire hatte ihrer Mutter noch nicht erzählt, dass sie Merri-Lee Marvils Tochter kannte, denn dann würde sie ihr auch erklären müssen, warum sie sie ihr nicht vorstellen konnte.

Tut mir Leid, Mom, ich weiß, es ist deine Lieblings-Morgenshow ... ja, ich weiß, du bist ein Mitglied von Merri-Lee Marvils Rezept-des-Monats-Klub, aber das ändert nichts an der Tatsache, dass ihre Tochter mich hasst ... Ich weiß auch nicht genau, warum ... Es hängt wohl damit zusammen, dass Massie mich nicht leiden kann ... Nein, es be-

steht keine Chance, dass wir Freundinnen werden ... Um ehrlich zu sein, es gab die Chance, aber ich habe alles vermasselt, weil ich heimlich intrigiert habe und erwischt wurde ... Mom ... wo gehst du hin? Warum packst du meine Sachen? Warum wirfst du mich aus dem Haus? Aber ich möchte nicht bei einer anderen Familie wohnen ...

»Mooooom.« Claire rollte von einer Seite auf die andere und schlang die Arme um die Knie, um ihre verzweifelte Situation zu unterstreichen.

»Was ist denn los?«, fragte Judi. »Bist du krank?«

»Ich glaube, ich habe eine Lebensmittelvergiftung«, stöhnte Claire.

Schließlich riss Judi sich vom Fernseher los und lief über die ächzenden Holzdielen zum Bett.

»Wie soll das denn möglich sein? Du hast dein Essen gestern Abend nicht einmal angerührt.«

»Vielleicht habe ich einen Virus. Es ist wahrscheinlich besser, wenn ich zu Hause bleibe«, sagte Claire.

»Dann gehen wir zum Arzt«, entgegnete Judi.

»Bestimmt geht es vorbei, wenn ich mich nur ein paar Stunden ausruhe«, jammerte Claire. »Kann ich nicht einfach einen Tag zu Hause bleiben?«

»Vielleicht solltest du mir erzählen, was wirklich los ist«, schlug Judi vor. »Weißt du, was? Ich fahre dich heute zur Schule und wir können uns im Auto unterhalten.«

Claire kehrte in ihr Zimmer zurück, steckte das Handy in ihren Pyjama und rannte die Treppe hinauf zum Dachboden. Sie kletterte über ein rosa Dreirad, zwei Mountainbikes, einen Razor-Scooter, einige Paar Inlineskates, Tennisschläger, einen Spielzeug-Motorjeep und Kisten mit allen Variationen von *Barbie*. Es war praktisch ein Friedhof von Massies alten Spielsachen. Schließlich schaffte Claire es bis zu dem rautenförmigen Fenster, von dem aus man auf die Einfahrt der Blocks sehen konnte. Isaac kratzte etwas vom Wagendach (vielleicht Vogelkacke?) und Massie lehnte an der hinteren Tür und sprach in ihr Motorola. Sie hasste es, im Auto zu warten.

Claire rief Isaac an und sah, wie er in der Innentasche seines Jacketts nach dem Telefon tastete.

»Hallo Claire. Bist du schon unterwegs?«

»Nein, ich rufe an, um Bescheid zu geben, dass mich heute meine Mutter fährt.« Claire sah, wie Massie ihr Telefon wegsteckte und zu Isaac trat. »Wir wollen uns auf dem Weg zur Schule noch ein paar Häuser ansehen.«

»Ihr zieht doch nicht etwa schon wieder aus?«, fragte Isaac.

»Vielleicht«, antwortete Claire.

Nachdem sie aufgelegt hatte, sah sie, wie Isaac Massie den Anruf erklärte. Als Isaac einstieg, drehte sich Massie zum Gästehaus. Sie fuhr sich mit den Fingern durchs Haar und merkwürdigerweise sah sie fast beunruhigt aus.

Judis Aufmunterungen waren das Übliche. All die Dinge, die Mütter ihren Töchtern in solchen Situationen sagen, wie zum Beispiel »Diese Mädchen sind es nicht wert, dass du ihretwegen krank wirst« und »Es wird nicht lange dauern, dann merken sie, was ihnen entgeht« und »Als ich in deinem Alter war, ist mir etwas Ähnliches passiert«, aber das reichte Claire nicht. Besonders dann nicht, als sie vor einem Schulbus abgesetzt wurde, der mit Klassenkameradinnen gefüllt war, die ungeduldig auf ihre Ankunft warteten. Nicht weil sie Claire so mochten, sondern weil sie ohne sie nicht zu ihrem Ausflug aufbrechen konnten. Vincent, der Kunstlehrer, der an diesem Tag Aufsicht führte,

hatte darauf bestanden, noch auf die fehlende Schülerin zu warten.
Claire drückte ihrer Mutter schnell einen Abschiedskuss auf die Wange und stieg aus dem Leihwagen.
»Ich wollte gerade in den ABC-Studios anrufen und fragen, ob es ihnen etwas ausmachen würde, die Aufzeichnung von *All My Children* ein paar Stunden zu verschieben, weil Claire Lyons nicht aus dem Bett kommt«, begrüßte Vincent Claire. »Aber wenn du in den nächsten Sekunden einen Platz eingenommen hast, überlege ich es mir noch einmal.«
Claires Blick wanderte sofort zu Massie, Kristen, Alicia und Dylan, die in der letzten Reihe des Busses saßen – der einzigen Reihe, wo sie alle vier nebeneinander sitzen konnten. Direkt vor ihnen waren noch freie Plätze, die niemand ohne Einladung einzunehmen wagte. Und nur um sicherzugehen, hatten die vier Mädchen ihre Jacken, Taschen und Bücher darauf gestapelt.
»Alicia, vielleicht kannst du Claire jemanden kaufen, neben den sie sich setzen kann«, sagte Dylan laut genug, damit es alle hören konnten.
Ihre Highfives klangen in Claires Ohren wie Schüsse. Ein paar der anderen Mädchen im Bus kicherten, was Claire nur noch wütender machte, denn sie verstanden den Insiderwitz schließlich gar nicht.
»Claire, ich würde dir ja einen Platz hier hinten anbieten, wenn Dylans dicke Beine nicht so viel Platz einnehmen würden«, rief Alicia.
Weitere »Schüsse«.
Claire hatte keine Ahnung, wie sie den Tag überstehen sollte. Sie hatte niemand auf ihrer Seite.
»Claire. Setz dich. Sofort!«, bellte Vincent.

Der einzige halbwegs freie Platz war neben Layne. Meena und Heather waren nirgendwo in der Nähe. Claire nahm an, sie waren sauer, weil Layne sie für Massie fallen gelassen hatte. Es schien, als ob die Welt für alle wieder zur Normalität zurückgekehrt sei – außer für Claire und Layne.
Claire war froh zu sehen, dass Laynes Fingernägel nicht länger in »Massie-Pink« angemalt waren. Sie waren wieder grün und ihre Daumen blau. Ihr Haar war in zwei Rattenschwänze gebunden und sie trug zu ihren Flipflops lila Stulpen. Layne war endlich wieder sie selbst. Unglücklicherweise bedeutete das allerdings, dass auch die Hafergrütze auf der Fahrt nach Manhattan dabei war.
Claire schaffte es, den Blickkontakt mit Layne zu vermeiden, als sie sich setzte. Sie machte es sich auf dem Gangplatz so bequem wie möglich und betete darum, dass irgendwelche Aliens sie entführten. Aber das Quietschen von gelösten Bremsen und der hustende Klang eines Motors ließen Claire ahnen, dass sie nicht so schnell gerettet werden würde.
In dem Augenblick, in dem der Bus in großem Bogen vom Schulparkplatz fuhr, kam Leben in die dreißig Mädchen an Bord: Die Pop-Divas ließen ihren Lieblingsremix aus einer Boom-Box hören, die Schleimer krochen zu Vincent, um zu fragen, wie es zu seiner Schulzeit gewesen war, und der Fahrer erzählte den Versagern, die in der ersten Reihe sitzen mussten, alte Kriegsgeschichten. Nur im hinteren Bereich des Busses war es ruhig, denn Massie, Kristen, Alicia und Dylan flüsterten untereinander.
»Darf ich mal um eure Aufmerksamkeit bitten«, rief Massie dann. Geduldig wartete sie, bis es ruhig wurde.
Claire ignorierte Massie und schaute weiter nach vorne.

»Danke, Kara«, sagte Massie zu einer der Pop-Divas, nachdem diese die Musik leiser gedreht hatte. »Ich möchte euch gerne eine neue Kosmetikserie vorstellen, die Glambition heißt. Mehr darüber wird euch gleich die Geschäftsführerin von Glambition, Kristen Gregory, erzählen.« Massie begann zu klatschen und alle taten es ihr nach.

Claire konnte nicht länger widerstehen. Sie drehte den Hals, sodass ihre linke Wange gegen den kratzenden Stoff des Sitzes gedrückt wurde und ihr rechtes Auge frei war, um zu sehen, was vorging.

Alle vier Mädchen hatten inzwischen ihre weißen Satinkittel übergezogen. Sie saßen im Schneidersitz da und hatten die Köpfe zu Kristen gedreht, die jetzt aufstand und das Wort an die Fahrgäste richtete.

»Glambition ist eine neue Marke von Schönheitsprodukten aus hundert Prozent natürlichen Inhaltsstoffen.« Claire fand, sie klang wie eine abgehalfterte Schauspielerin in einem Werbespot. »Während der nächsten Wochen werden wir euch mit unserer ganzen Linie bekannt machen, die aus Cremes, Peeling, Bodylotion und Rouge bestehen wird, aber heute wollen wir als Erstes unseren farblosen Lipgloss vorstellen. Er ist in vier Geschmacksnoten erhältlich: Massie, Dylan, Alicia und Kristen«, führte Kristen aus. »Da ihr unsere ersten Kunden seid, bieten wir euch dieses besondere Produkt für den Einstiegspreis von fünf Dollar 50 und zehn Dollar für zwei Stück an.«

Massie sprang auf und fügte hinzu: »Und er sieht nicht nur gut aus, die Jungs von Briarwood lieben auch den Geschmack, wenn ihr wisst, was ich meine.«

Vincent blieb der Mund offen stehen. Er legte seine schwitzende Handfläche auf eines der Fenster, um nicht das

Gleichgewicht zu verlieren, hievte sich hoch und hob seinen Zeigefinger warnend in Richtung Massie.

»Voll gelogen«, rief Layne, allerdings so leise, dass nur Claire sie hören konnte. »Der Junge aus Briarwood, den sie meint, ist total in seine Freundin verliebt.«

Doch Massies Publikum hatte davon natürlich keine Ahnung. Die Mädchen brachen in wilden Applaus und Johlen aus, um zu zeigen, dass sie nicht nur Massies offensichtliche Erfahrungen gut fanden, sondern auch selbst Jungen küssen wollten.

»Was ... auch ... immer«, sagte Claire und ließ den Kopf gegen die Rücklehne fallen.

Bestellungen wurden gerufen, alle streckten die Hände in die Luft und jeder kämpfte um Kristens Aufmerksamkeit.

»Ist es nicht wie an der New Yorker Börse?« Massie begann den Gang entlangzulaufen, teilte Lipgloss aus und sammelte Geld ein. Kristen, Alicia und Dylan halfen ihr.

»Ich nehme einen«, sagte Layne. »Warum auch nicht?«

Layne wich Claires missbilligendem Blick aus, während sie Alicia einen Zehndollarschein reichte.

»Wir haben heute Pfefferminz, Kirsche, Vanille und Erdbeere, keine Hafergrütze, tut mir Leid«, sagte Alicia. »Vielleicht nächste Woche.«

Dann sah Alicia zu Claire und fügte mit lauter Stimme hinzu: »Oh, und Claire, wir haben eine neue Serie, die nächsten Monat herauskommt, sie heißt ›Fake‹ ... du solltest vielleicht darauf warten, es ist mehr dein Stil.«

Claire schälte ein Stück Gummi von ihren Turnschuhen. Es lag ihr auf der Zunge, zu erwidern, sie sollten eine neue Serie mit dem Namen »Hohle Zicken« herausbringen, aber sie sagte es dann doch nicht.

»Claire, es tut mir Leid, dass ich dich wegen Massie fallen gelassen habe«, sagte Layne.

Die Worte kamen so schnell heraus, dass Claire einen Moment brauchte, um sie zu registrieren.

»Nein, tut es dir nicht«, entgegnete sie dann. »Es tut dir nur Leid, weil Massie *dich* fallen gelassen hat.«

»Ich könnte das Gleiche von dir sagen«, erwiderte Layne hitzig.

»Nur dass ich dich nie fallen gelassen habe«, entgegnete Claire.

»Und was ist mit dem Abend, an dem du Babysitterin für deinen ›kranken‹ Bruder spielen musstest?«

Claire merkte, wie ihr Gesicht vor Scham brannte. »Woher weißt du das?«

»Hast du vergessen, dass ich mit Massie ›befreundet‹ war?«

»Und warum hast du nicht früher etwas gesagt?«

»Na ja«, antwortete Layne nachdenklich. Und dann machte sie eine lange Pause und holte noch einmal tief Luft. »Weil ich wahrscheinlich das Gleiche getan hätte.« Sie atmete aus. »Aber jetzt nicht mehr, ich schwöre es.« Sie hielt Claire den kleinen Finger entgegen und wartete geduldig. Doch Claire zögerte noch.

»Komm schon, ich verzeih dir, wenn du mir verzeihst«, sagte Layne.

Claire sah an Laynes grünem Nagellack vorbei direkt in ihre Augen. Dann holte sie ihre kleine Kamera aus dem Rucksack. Sie drückte auf einen Knopf und sah die verschiedenen Fotos durch, die sie während der letzten Zeit aufgenommen hatte.

»Ich verzeih dir und schüttele deinen kleinen Finger, wenn du mir das hier erklärst.« Sie hielt die Kamera vor sich, damit sie beide auf das Display schauen konnten.

Das erste Bild war von Layne, wie sie in einem leeren Flur mit Massie sprach. Sie trug einen weißen, knielangen Rock, einen limettengrünen Edelpulli und weiße, spitze Schuhe. Massie trug fast das gleiche Outfit, außer dass ihr Shirt marineblau war.

»Was sagst du jetzt, Mini-Mass?«, scherzte Claire.

Layne musste lachen und wurde rot.

»Okay, ich gebe es zu, ich war für kurze Zeit ein totaler Massieabklatsch. Aber jetzt bin ich wieder ich selbst!« Sie zupfte an ihren lila Stulpen, um es zu beweisen.

»Zumindest hast du dich nicht unterkriegen lassen. Das ist mehr, als die meisten Leute in diesem Bus von sich behaupten können«, meinte Claire.

Sie lachten beide und hakten ihre kleinen Finger ein.

»Freundinnen?«, fragte Layne.

»Freundinnen«, bestätigte Claire.

»Ich bedaure mitteilen zu müssen, dass wir völlig ausverkauft sind«, verkündete Kristen. »Aber wenn ihr Interesse habt, unseren Newsletter per E-Mail zu bekommen, wird Dylan ein Buch herumgehen lassen, in dem ihr eure Adresse hinterlassen könnt.«

Kristen marschierte mit einem Stapel Banknoten nach hinten und zählte das Geld im engen Kreis ihrer Partnerinnen. Sie zahlte jeder von ihnen 20 Dollar für ihre Arbeit und steckte den Rest in ihren Miu-Miu-Gürtel.

Inzwischen quetschten Claire und Layne die Gesichter in den Spalt zwischen ihren zwei Sitzen, damit sie über das Meer von fettig glänzenden Lippen hinter sich lachen konnten.

»Test, Test«, rief Vincent über den Lautsprecher. Er stand vorne im Bus und wickelte das dicke schwarze Kabel, das

vom Mikro herunterhing, um seinen Finger. Sein Daumen drückte energisch auf den Einschaltknopf an der Seite.
»Alles bitte herhören!« Seine Stimme hätte den Mädchen im Bus fast das Trommelfell zerfetzt. Vincent drehte die Lautstärke herunter und versuchte es noch einmal.
»Hört ihr mich?«, sagte er leiser. »Gut, so ist es besser.«
»Knallkörper«, rief eine erstickte Stimme vom hinteren Teil des Busses. Kichern folgte.
Vincent strich über seinen Spitzbart und sog die Lippen ein, sodass es aussah, als hätte er keinen Mund. Geduldig wartete er darauf, dass sich alles wieder beruhigte.
»Wie ihr bereits wisst, haben wir die Erlaubnis erhalten, heute am Drehort von *All My Children* dabei zu sein, weil ich mit einem der Schauspieler eng befreundet bin. Also erwarte ich von euch allen das beste Beneh. . .«
»Es brennnnnt«, rief jemand aus der Mitte des Busses. »Meine Lippen brennen wie Feuer!«
Amanda Levine stand auf und wedelte sich Luft zu, als stünde sie tatsächlich in Flammen.
»Meine auch«, jammerte Noel Durkins. Sie drehte sich nach hinten um. Die Augen schienen ihr vor Entsetzen fast herauszufallen, als sie die Ausrufe der anderen bei ihrem Anblick hörte.
»Was?«, rief sie verzweifelt. »Was dennnn?«
»Oh mein Gott, ihre Lippen sehen aus, als hätten sie Brustimplantate«, sagte Layne zu Claire.
»Und zwar Übergröße!«, fügte Claire hinzu.
Massie kämpfte sich durch die ausbrechende Panik und nahm Vincent das Mikro aus der Hand.
»Beruhigt euch.« Massie setzte ein breites Lächeln auf. »Es sind nur die natürlichen Inhaltsstoffe, die sich durch eure

Lippen arbeiten. Nichts, worüber man sich Sorgen machen müsste.«

»Ich habe es auch«, schrie Debby Weezer.

»Debby, ruf den Schönheitschirurgen deiner Mutter an«, kam es von Michelle Powers.

»Zum hundertsten Mal, meine Mutter hat keinen Schönheitschirurgen, Michelle!«, fuhr Debby sie an.

Massie ergriff wieder das Wort. »Nur so aus Neugierde, wie viele von euch sind allergisch gegen Erdnüsse oder irgendwelche anderen Nüsse? Hebt bitte die Hände.«

Mindestens zehn Hände wurden in die Luft gestreckt.

»Danke.« Massie reichte Vincent das Mikro und marschierte auf ihren Platz.

»Wir wollen unser Geld zurück«, rief Carrie Drebin.

»Ja!«, unterstützte Debby sie.

»Ich will nur meine Lippen zurück«, rief Carolyn Rothstein.

»Meine jucken wie die Pest«, beschwerte sich Carly Cooper.

Vincent stellte das Mikro erneut an. »Bitte bleibt alle ruhig«, ordnete er an.

Doch niemand folgte seiner Anweisung. Kristens Gejammer konnte bis ganz nach vorne gehört werden. Es vermischte sich mit den anderen Schluchzern und so entstand eine Sinfonie der Hysterie.

»Ich werde duuuurchfaaaallen«, heulte Kristen.

Vincent sagte dem Fahrer etwas ins Ohr und der Bus hielt am Seitenstreifen des Highway an.

»Genug von dem Geschrei, ihr Harpyien«, schrie Vincent. »Ich kann ja nicht einmal mehr meine Gedanken hören.«

Die Tatsache, dass ihm nichts Beruhigenderes einfiel, ließ nur noch größere Panik ausbrechen.
Layne und Claire waren die Einzigen im ganzen Bus, die es schafften, ruhig zu bleiben.
»Du vibrierst.« Layne deutete auf Claires Rucksack.
»Was?«, fragte Claire. »Oh, das muss mein Handy sein.«
Layne runzelte die Stirn, als Claire das summende silberne Handy aus ihrer Tasche zog.
»Seit wann hast du denn ein . . .?« Layne wurde unterbrochen.
»Lange Geschichte«, sagte Claire. Sie erkannte die Nummer des Anrufers nicht, also drückte sie ihn weg.
Es klingelte erneut.
»Wer ist das denn?«, fragte Layne.
»Keine Ahnung«, antwortete Claire, bevor sie ein zweites Mal auflegte. »Wahrscheinlich ein dummer Scherz.«
Das dritte Mal piepste das Telefon und zeigte so an, dass Claire eine SMS bekommen hatte. Claire überflog das Display.

914-555-8055:	HAFERGRÜTZE
CLAIRE:	LASS LAYNE IN RUHE!!!
914-555-8055:	DU VERSTEHST NICHT. IHRE HAFERGRÜTZE WIRD HELFEN. GUT GEGEN JUCKREIZ USW. HAB ES IN COSMO GELESEN ☺

»Layne, hast du noch Hafergrütze?«, fragte Claire. Sie griff bereits nach Laynes Tasche.
Layne holte sich die Tasche von Claire zurück. »Warum kümmern sich denn alle auf einmal so um meine Hafergrüt-

ze? Meine Güte! Fällt denn niemand mal was Neues ein? Das wird langsam langweilig.«
»Nein, Layne, deine Hafergrütze wird helfen«, erklärte Claire. »Ich kann mich daran erinnern, dass meine Mutter mich in ein Bad mit Haferschleim gesetzt hat, als ich mal von irgendeinem Strauch eine Allergie bekommen hatte. Hafergrütze hilft.«
Sie versuchte Layne die Thermoskanne abzunehmen, aber das war nicht so einfach.
»Warum soll ich denen denn helfen, wenn sie sich bloß über mich lustig machen?«, fragte Layne.
»Du wirst schon sehen.« Claire packte Laynes Thermoskanne und schob sich durch die Schar kreischender Mädchen, die um Carlys Taschenspiegel kämpften.
»Ich kann euch helfen«, schrie Claire so laut sie konnte. Sie hielt die Thermoskanne über ihren Kopf wie Moses die Tafel mit den Zehn Geboten.
»Hilf mir«, rief Noel.
»Nein, mir, sieh dir bloß mein Gesicht an!«, rief Michelle.
»Es wird euch zwei Dollar kosten«, sagte Claire.
Layne grinste bei dieser Ankündigung begeistert und zeigte Claire die nach oben gerichteten Daumen.
Die wütende Menge verlangte von Kristen ihr Geld zurück.
»Was ist da drin?«, wollte Vincent wissen.
»Hafergrütze«, erklärte Claire mit einem stolzen Lächeln.
»Ich lasse nicht zu, dass du diesen leidenden Mädchen etwas für warme Hafergrütze berechnest«, sagte er.
»Warum denn nicht? Sie haben sie schließlich auch für den Lipgloss bezahlen lassen, der sie erst krank gemacht hat«, erinnerte ihn Layne.

»Hier sind fünf Dollar.« Carly wedelte mit dem Schein in der Luft. »Wenn du dich nur beeilst!«
Claire sah zu Vincent. Er winkte ab, als wolle er sagen: »Lasst mich da raus«, und setzte sich auf seinen Platz.
Claire begann die Rationen zu verteilen und Layne folgte ihr, um das Geld einzusammeln.
Eine nach der anderen hielten die Mädchen die Hand unter die Plastikthermoskanne und bekamen ihren Teil Hafergrütze. Sie schmierten sie sich auf die Münder und kümmerten sich nicht um die Rosinen, die ihr Kinn hinabrollten.
Im Bus war es still, sobald die Hafergrütze aufgetragen worden war. Alle saßen mit schleimigen Gesichtern da und starrten schweigend vor sich hin. Niemand wollte den Mund aufmachen aus Angst, etwas davon versehentlich zu schlucken.
Das einzige Geräusch, das zu vernehmen war, kam von Kristen, die auf dem Rücksitz vor sich hin heulte. Alle dachten, sie übertreibe. Nur Claire wusste, wie dringend Kristen wirklich eine gute Note brauchte ... und das Geld.
Der Bus drehte um und statt zur Aufzeichnung von *All My Children* fuhren sie zum nächsten Krankenhaus.
Die Mädchen mit den geschwollenen Gesichtern stiegen aus dem Bus und rannten auf den Eingang zu. Vincent folgte ihnen und bat den Rest der Schülerinnen auf ihn zu warten.
Die wenigen normalen Gesichter teilten sich auf. Die eine Hälfte folgte Massie zum Getränkeautomaten, während die andere Hälfte vor dem Bus herumstand.
»Danke«, sagte Kristen. Claire hatte sich gerade gebückt, um ihren Schnürsenkel zu binden, und merkte gar nicht, dass sie angesprochen wurde.
»Ich meine es ehrlich. Danke«, wiederholte Kristen.

Claires Oberkörper war noch nach vorne gebeugt, doch sie hob nun den Kopf, um zu sehen, ob Kristen tatsächlich mit ihr sprach.

»Bedanke dich nicht bei mir, es war Laynes Hafergrütze«, sagte sie dann.

»Nein, nicht dafür, für das andere.« Kristen sah sich um, ob auch niemand zuhörte.

»Ohhh, ach das. Tja, ich habe es doch versprochen, oder?« Claire mochte es, wie diese Worte klangen, ehrlich und aufrichtig. Sie hatte fast vergessen, dass dieser Teil von ihr existierte.

»Ehrlich gesagt, bin ich froh, dass du es warst, der ich es erzählt habe, und nicht Massie.« Kristen sah sich noch einmal um, bevor sie fortfuhr. »Also gut, jetzt sind es zwei Geheimnisse, die du für dich behalten musst.«

»Kein Problem. Aber übrigens, es tut mir Leid um deine Firma«, sagte Claire und es war ihr ernst.

Doch Kristen antwortete nicht. Sie hatte sich bereits umgedreht und ging zu ihren Freundinnen.

DER RANGE ROVER
ERSTE-KLASSE-ABTEIL

8 Uhr 10
1. Oktober

Sieh mal, Dylan, deine Mom zeigt Fotos von deiner Geburtstagsparty«, sagte Massie. Sie stellte den Fernseher lauter und schloss die Autofenster, damit sie kein Wort versäumten. Die Mädchen lehnten sich in den Sitzen zurück und schauten hinauf zum Bildschirm.

»Da haben wir unseren süßen Justin Timberlake«, sagte Merri-Lee eben, während sie ein Foto des Musikers zeigte, der ein Stück von Dylans Geburtstagstorte verzehrte. Die Kamera zoomte näher.

»Wo sind denn die Fotos von uns, Mom?«, fragte Dylan, an den Fernseher gerichtet.

»Und hier ist das Geburtstagskind, meine Tochter Dylan. Ich habe keine Ahnung, woher sie dieses wunderbare rote Haar hat, denn ich verdanke meines Rena, der genialen Hair-Stylistin, die bei Avalon arbeitet. Danke, Rena.« Merri-Lee blies einen Kuss in die Kamera. »Wir sehen uns am Donnerstag.« Das Publikum lachte begeistert und klatschte.

»Ich kann nicht fassen, dass die Leute sie lustig finden«, sagte Dylan.

»Da ist sie wieder, sie tanzt mit ihren wunderschönen Freundinnen«, kommentierte Dylans Mutter wie auf Bestellung. »Ich sage Ihnen, sie könnten alle Models sein.« Die

Kamera holte ein Foto ran, das die schmollende Alicia zeigte, wie sie geradewegs in die Kamera sah.

»Oh mein Gott, seht bloß, wie verschwitzt ich bin«, schrie Alicia.

Dylan rutschte auf ihrem Sitz hin und her. Massie wusste, dass Dylan der Meinung war, dass ihre Mutter Alicia viel zu oft zu ihrem Aussehen gratulierte. Zumindest dreimal so oft wie ihrer eigenen Tochter.

Dylan fasste daraufhin ihr Haar zusammen und warf es über ihre Schultern. Doch das Haar war so schwer, dass ihre Ohren sich dadurch nach vorne bogen wie Tacos.

Massie griff nach ihrem Handy.

MASSIE:	OHREN!
KRISTEN:	GENAU
ALICIA:	KELLNER, IN MEINEN TACOS IST EIN HAAR
KRISTEN:	HAARSCHARF!
MASSIE:	WAS? KANN DICH NICHT OHREN?

Erst als alle in lautes Gelächter ausbrachen, merkte Dylan, dass sie sich über sie lustig gemacht hatten.

Ihr Blick wanderte von Alicia zu Massie und Kristen. »Was?«, fragte sie. Sie bemerkte deren Versuche, die Handys zu verstecken, und schnappte sich Alicias, denn sie war die Schwächste. »Was hast du geschrieben?«

Dylan scrollte durch, um die SMS zu checken.

»Ach ja?« Dylan lachte. »Zumindest habe ich im Fernsehen nicht ausgesehen wie zu heiß gebacken«, sagte sie zu Alicia.

Selbst Isaac musste darüber lachen.

Massie verspürte eine unerwartete Welle von Wärme durch ihren Bauch rollen. Sie nannte es »das Gefühl«. Es passierte,

wenn sie ein echtes »Ich liebe diese Leute«-Gefühl hatte. Es passierte nicht allzu oft, aber wenn, dann war es so übermächtig, dass ihr fast die Tränen kamen.
Als sei dieser Augenblick zu gut, um wahr zu sein, blickte Massie über ihre Schulter, nur um sicher zu sein, dass Claire nicht auf der Ladefläche lauerte und alles mithörte, was sie sagte. Aber Claire war nicht da. Endlich war das Leben wieder normal und alle waren genau da, wo sie hingehörten.

DER JAGUAR
RÜCKSITZ

8 Uhr 10
1. Oktober

Bitte sag, dass ihr auch zur Wohltätigkeitsauktion der Blocks am Freitagabend geht«, flehte Claire Layne an. Sie saßen auf dem Rücksitz von Mr Abeleys eiskaltem Jaguar, mit den bloßen Füßen gegen die Klimaanlage gestemmt, um zu sehen, wer es am längsten aushielt, ohne sich zu bewegen. Sie spielten nie um einen Einsatz, nur um die Ehre.

»Wir gehen jedes Jahr hin«, antwortete Layne. »Und wenn wir es schaffen, uns von Massie und ihrer Glamour-Clique fern zu halten, könnten wir vielleicht sogar Spaß haben.«

Claire beugte sich nach vorne. »Chris, geht ihr, du und Fawn auch?«, fragte sie. Sie steckte sich ein Gummibärchen in den Mund und hielt die Tüte für Layne auf.

»Um nichts in der Welt möchten wir das versäumen!«, antwortete Chris.

Claire sah Layne zufrieden an und stieß ein leises, triumphierendes Ja! aus. Sie konnte es kaum erwarten, dass Massie Fawn kennen lernte.

Chris drehte sich zu Claire um. Sie bemerkte, dass seine Augen genau dieselbe Farbe hatten wie sein königsblaues Poloshirt.

»Der Hof wird dann zum Fünfsternelokal umgebaut und es gibt praktisch jedes Gericht, das du dir nur vorstellen kannst.«

Chris hätte auch eine Gebrauchsanleitung vorlesen können und Claire wäre fasziniert gewesen. Wenn sie Massie etwas zugute halten musste, dann war es ihr toller Geschmack hinsichtlich Jungs.

»Aber das Beste dabei ist, zuzusehen, wie Mr Block sich betrinkt und zum Idioten macht«, erzählte er weiter.

»Chris!«, wies Mr Abeley ihn zurecht.

»Was denn, Dad? Du weißt, dass es stimmt.« Chris lachte. »Letztes Jahr hat er jongliert und drei Flaschen Champagner fallen gelassen.« Er drehte sich zu seiner Schwester. »Layne, ich liebe dich dafür, dass du mir das Video als Anhang per E-Mail geschickt hast. Ich glaube, ich habe es praktisch jedem in Kingsley weitergeschickt.«

Claire lachte. Jetzt, wo sie jemand an ihrer Seite hatte, freute sie sich auch darauf, zur Party zu gehen.

»Wird es dir nicht langsam zu kalt?«, fragte Layne. Sie wollte Claire dazu bringen, aufzugeben, weil sie schon zwei Tage hintereinander verloren hatte. »Ich finde, deine Zehen werden schon blau.«

»Mach dir um mich keine Sorgen, ich komme schon klar«, wehrte Claire ab und wusste, dass sie noch vor ein paar Wochen schon längst aufgegeben hätte.

OCTAVIAN COUNTRY DAY SCHOOL
DIE TREPPE

18 Uhr 25
3. Oktober

Scharen von Mädchen bevölkerten die Steinstufen vor der OCD und warteten darauf, nach der Schule abgeholt zu werden. Die kühle Luft schien die letzten Erinnerungen an Wärme vertreiben zu wollen, damit sie endlich ganz das Regiment übernehmen könnte. Und anscheinend wollten alle Schülerinnen die neue Jahreszeit willkommen heißen, indem sie die neueste Herbstmode trugen.

Mindestens die Hälfte der Mädchen hatte steife dunkle Denim-Jacken an, die danach schrien, eingetragen zu werden.

»Sieht so aus, als sei eine Levi's-Fabrik explodiert«, stellte Kristen fest.

»Also ehrlich, hat denn keiner mehr einen eigenen Stil?«, meinte Dylan.

Alicia schlug Massie auf den Arm.

»Autsch!« Massie rieb sich den Arm.

»Burberry-Poncho, keine Revanche erlaubt!«, jubelte Alicia.

Ein Mädchen, das in etwas eingehüllt war, was wie eine Pferdedecke aussah, verdrehte die Augen, als sie an ihnen vorbeieilte.

»Du bist so gut wie tot«, scherzte Massie. Sie ließ ihre Fingerknöchel knacken und versuchte hart und entschlossen auszusehen. Schnell überflog sie die restlichen Anwesenden in der Hoffnung auf sofortige Rache, doch sie hatte kein Glück.

»Vielleicht solltest du dir für heute Abend zur Auktion lieber eine Polsterung zulegen«, warnte sie Alicia daraufhin. »Die Freundinnen meiner Mutter denken immer noch, Burberry sei cool.«

»Möchte sich irgendjemand bei mir zu Hause aufstylen?«, fragte Alicia.

Dylan blickte zu Massie und wartete auf deren Antwort.

»Ich kann nicht«, sagte Massie. »Chris Abeley kommt heute Abend auch, was heißt, dass ich nur noch drei Stunden habe, um mich in eine Schönheitskönigin zu verwandeln. Ich werde definitiv meinen eigenen Föhn und all den Kram brauchen.«

»Ich kann auch nicht«, entschuldigte sich Dylan.

»Kris?«, fragte Alicia.

»Ich muss mit meiner extra Hausaufgabe anfangen«, erklärte Kristen.

»Wie hast du denn deine Lehrerin dazu gebracht, dir eine zweite Chance zu geben?«, wollte Massie wissen.

»Sie war so erleichtert, dass keiner ernsthaft durch den Lipgloss zu Schaden gekommen ist und niemand von den Eltern eine Schadenersatzklage anstrengen wollte, dass sie mir anbot, ein anderes Thema auszusuchen. Ich hatte bereits die nächsten Kapitel in meinem Ökonomiebuch gelesen und wusste, dass das Kapitel elf heißt: ›Wie man Bankrott erklärt‹. Also habe ich ihr eine E-Mail mit diesem Vorschlag geschickt und sie sagte, wenn ich das nun korrekt bearbeite, könnte ich doch noch eine Eins bekommen«, erklärte Kristen.

»Genial!« Massie klatschte Beifall. »Keine Sorge, wir finden schon einen anderen, sogar einen besseren Weg, um die Schule zu übernehmen.«

»Darüber habe ich mir auch keine Sorgen gemacht.« Kristen grinste.

»Ich weiß. Die Bemerkung war eher für mich selbst gedacht.« Massie grinste ihre Freundin an.

Als Massie nach Hause kam, waren dort bereits größere Aktivitäten im Gange. Das Personal von Leihmöbelfirmen entlud lange Holztische, Leute vom Blumenladen liefen mit riesigen Schalen umher und Caterer hatten die Küche übernommen. Praktisch die ganze Stadt würde um halb acht Uhr abends hier anwesend sein. Es war eine Riesenveranstaltung.

Massie schlich sich in ihr Zimmer und verschloss die Tür, nur für den Fall, dass ihre Mutter meinte, sie müsste sie noch in letzter Minute mit irgendwelchen Erledigungen beauftragen. Massie brauchte schließlich genügend Zeit, um sich gebührend auf das Ereignis vorzubereiten.

Sie schob fünf CDs in die Stereoanlage, drückte auf Wechseln und öffnete ihre Schranktür. Dann machte sie einen Schritt zurück, verschränkte die Arme und fragte sich, was für die heutige Schlacht am besten geeignet war: hochhackige Jimmy-Choo-Sandaletten, Miu-Miu-Keilabsätze, flache Calvins, Jimmy-Choo-Sandalen, DKNY-Stilettostiefel oder die Marc-Jacobs-Pumps? Hochhackige Jimmy-Choo-Sandaletten natürlich. Es war wichtig, dass Chris sie diesmal in einem sexy Outfit sah, nachdem er sie bis jetzt nur in sportlicher Kleidung kannte.

Schon wurde sie wieder auf Claire sauer. Wenn Massie ihretwegen nicht das Shopping am Labor Day versäumt hätte, hätte sie jetzt eine viel größere Auswahl an Schuhen.

Nachdem Massie sich ein paar Mal umgezogen hatte, wählte sie ein purpurrotes Chiffonkleid mit Neckholder. Schlicht und elegant. Sie kleidete Bean ebenso stylish, nämlich in einen weißen Hundestrampler mit goldenen Knöpfen. Chris' Yankees-Kappe sprühte sie mit Chanel No. 19 ein, damit er auch an sie denken musste, wenn er sie das nächste Mal trug. Die entfernten Klänge einer Band, die Sinatras *Mack the Knife* spielte, drangen zu Massie herein, was bedeutete, dass die Party offiziell begonnen hatte.

»Massie?«, ertönte da auch schon Kendras Stimme über die Sprechanlage. »Alle fragen, wo du bist. Komm bitte herunter.«

»'kay«, rief Massie in die Sprechanlage. »Komm Bean, gehen wir ein paar Herzen brechen.«

Bean drehte sich im Kreis und rannte aus der Tür.

Massie suchte in dem großen weißen Zelt im Garten nach ihren Freundinnen, konnte sie jedoch nicht entdecken. Gerade wollte sie es schon per Handy versuchen, da entdeckte sie Chris Abeley an der Bar. Sollte sie auf ihre Freundinnen warten, bevor sie mit ihm sprach, damit sich alle davon überzeugen konnten, wie gut sie zusammen aussahen? Aber Claire stand bereits bei ihm, also war keine Zeit zu verlieren. Massie befahl Bean bei Fuß zu bleiben, damit der winzige Hund nicht getreten würde, während sie sich durch die dichte Menge schob. Sie war dankbar für die vielen Leute, die zwischen ihr und Chris Abeley standen, denn dadurch bemerkte er nicht, dass ihre Absätze ständig im Gras stecken blieben, sobald sie nur einen Schritt machte. Einmal musste sie sich sogar bücken, um ihren Choo aus dem Erdreich zu befreien. Den Rest des Weges legte sie dann auf Zehenspitzen zurück.

Als sie angekommen war, beugte sie sich noch einmal nach unten und nahm Bean in die Arme, damit die Hundedame endlich Chris Abeley kennen lernen konnte. Sie schob sich in den Kreis von Leuten bei ihm und musste zu ihrer Enttäuschung feststellen, dass Bean mehr Interesse an Claires Tüte mit Gummischlangen hatte als an Chris.

»Das muss Bean sein«, stellte Chris Abeley fest.

»Genau.« Massie winkte mit Beans Vorderpfote.

»Sag hallo, Bean.« Sie konnte den vertrauten Geruch von Chris' Deo und Weichspüler riechen.

Unwillkürlich wünschte sie, dass sie sich bereits dazu verabredet hätten, am nächsten Tag zu reiten, aber so war es leider nicht.

»Layne, bist du morgen für eine weitere Reitstunde bereit?«, fragte Massie, während sie Chris ansah.

Layne wechselte einen gelassenen Blick mit Claire, bevor sie antwortete.

»Nein, Claire und ich gehen morgen ins Kino.« Layne griff in Claires Tüte mit Gummischlangen und zog eine davon in ihren Mund wie Spagetti.

»Gut, denn du hast echt genervt«, bemerkte Massie leise.

»Das habe ich gehört«, sagte Layne.

»Oh, übrigens, hier hast du deine Kappe zurück«, sagte Massie zu Chris. »Tut mir Leid, dass ich sie so lange hatte.«

Chris nahm seine Kappe und verzog sofort das Gesicht. »Riecht ihr auch auf einmal diese Unmenge von Parfüm?«, sagte er. »Ich sage euch, manche der alten Damen hier baden anscheinend darin.«

Alicia, Dylan und Kristen schlenderten ins Zelt und gingen auf die Band zu, um sich etwas zu wünschen.

»Bist du noch einen Augenblick hier?«, fragte Massie Chris.

»Es gibt ein paar Leute, die ich dir vorstellen möchte.« Sie drehte sich um, damit sie ihre Freundinnen holen konnte, doch Layne hielt sie auf.

»Warte mal, bevor du gehst, möchte ich dich noch mit jemand bekannt machen.« Layne blickte an Massie vorbei zu einer perfekt aussehenden Blondine, die von Kopf bis Fuß in Calvin gekleidet war. Sie stand ein wenig außerhalb ihres Kreises und unterhielt sich angeregt mit ein paar Mädchen aus der Highschool. Die Lampions im Zelt warfen einen warmen Schein auf ihren perfekten Teint.

»Fawn«, rief Layne. »Ich möchte dich gerne mit Massie Block bekannt machen.«

Das Mädchen drehte den Kopf wie in Zeitlupe und es schien, als ob jemand plötzlich einen Knopf gedrückt hätte, um die Unterhaltung und das Gelächter um sie herum abzudämpfen.

Fawn streckte ihren tief gebräunten Arm aus, damit sie Massies Hand schütteln konnte.

»Ihr habt ein tolles Haus«, lobte Fawn beim Händedruck.

»Danke«, antwortete Massie.

»Fawn ist Chris' Freundin«, erklärte Layne.

Massie hörte Claire kichern.

»Sie sind schon seit der Siebten zusammen«, fügte Layne hinzu.

»Massie wird dir als Nächstes das Reiten beibringen«, sagte Chris, fasste Fawn um ihre schmale Taille und drückte sie an sich. »Vielleicht können wir morgen alle zusammen reiten gehen?«

»Vielleicht«, sagte Massie. Sie sah auf ihre Schuhe, um sicher zu sein, dass kein Absatz im Gras stecken blieb, wenn sie sich gleich verabschiedete. »Lass uns doch morgen noch mal telefonieren. Es könnte allerdings sein, dass ich in die Stadt muss, aber ich gebe dir Bescheid.«

Massie setzte Bean sanft auf dem Boden ab und ging auf Zehenspitzen davon, so schnell sie konnte.

»Oh, es war nett, dich kennen zu lernen, Dawn, äh, Fawn«, rief sie über ihre Schulter.

Massie hatte noch zehn Schritte, um sich zu überlegen, was sie ihren Freundinnen erzählte, wenn diese sie baten, sie Chris Abeley vorzustellen, der übrigens jetzt nur noch Chris hieß. Er war des Vor-Nach-Status nicht mehr länger würdig. Massie hasste es, zu verlieren. Verlieren machte sie krank, aber es hätte noch schlimmer kommen können. Wenn sie schon verlieren musste, dann war Massie froh, dass es Fawn war, gegen die sie verloren hatte, und nicht ... sagen wir ... Claire.

»Ich habe gesehen, wie du mit Chris Abeley gesprochen hast«, zog Alicia sie auf. »Er ist ja so süß.«

»Korrektur – Chris war süß«, sagte Massie. »Er ist für mich gestorben.«

»Warum denn?«, quiekte Dylan.

Massie beugte sich vor und der Rest der Mädchen tat es ihr nach.

»Ich habe ihm von diesem verrückten Kellner erzählt, der uns immer in Panache bedient, und er fing so sehr zu lachen an, dass ein Popel aus seiner Nase flog und auf seinem Ärmel landete«, sagte Massie.

»Iiiiigittt«, riefen alle aus.

»Scht«, rügte Massie sie. »Ich will nicht, dass er weiß, dass ich es euch erzähle.«

»Was hast du denn gemacht?«, fragte Kristen.

»Ich wollte den armen Kerl nicht in Verlegenheit bringen,

also habe ich so getan, als hätte ich es nicht bemerkt, aber es hat mich so total abgeturnt.«

»Tja, es sieht sowieso so aus, als versuche die Blonde ihr Glück bei ihm«, sagte Dylan.

»Gut, sie kann ihn haben«, sagte Massie. »Ich habe schon genug Einkaufs-Trips seinetwegen versäumt.«

»Ja, du hast einiges nachzuholen«, bestätigte Dylan.

»Und zwar in vielen Dingen.« Alicia schaute zu der Gruppe von vier Briarwood-Jungen, die auf sie zukamen. Sie strich sich das Haar auf einer Seite hinters Ohr und neigte den Kopf, sodass sie die Jungen beobachten konnte, ohne dass man es ihr ansah.

»Sie kommen«, kündigte Dylan an. »Ich möchte den mit der gelben Krawatte.«

»Warte mal, den kenne ich«, sagte Kristen. »Ist das nicht Ben?«

»Welcher Ben?«, fragte Dylan. In ihrer Stimme klang ein Hauch Eifersucht.

»Ben the Candyman«, reimte Kristen singend.

Die Mädchen brachen in Gelächter aus.

»Igitt, guckt mal. Sein Gesicht sieht aus, als wäre es eine Gipsmaske«, bemerkte Alicia.

»Du hast Recht«, stimmte Dylan zu. »Ich mache gleich wieder mit ihm Schluss.«

»Die Gelegenheit hast du sofort«, sagte Alicia. »Er kommt genau auf uns zu.«

»Genau wie seine tollen Freunde«, ergänzte Massie.

Sie wandte sich ab und gab etwas Gloss auf ihre Lippen.

Als sie sich dann umdrehte, sprach sie mit wieder gefundenem Selbstbewusstsein, fast als ob ihre Batterien frisch aufgeladen wären.

»Wir müssen aussehen, als hätten wir Spaß«, ordnete sie an. »Also, wenn ich bis drei gezählt habe, fangen wir alle an zu lachen. Bereit? Eins ... zwei ... drei!«

BEI DEN BLOCKS

DER GARTEN

21 Uhr 03
3. Oktober

Gott sei Dank trage ich Cowboystiefel, dachte Claire, als sie zusah, wie Massie über das Gras stolperte und fast in dem kleinen Tisch mit Appetithäppchen gelandet wäre. Layne erzählte ihr gerade, wie sie Chris und Fawn einmal beim Knutschen und noch mehr überrascht hatte. Aber Claire war stärker daran interessiert, zu erfahren, wie Massie die Sache wohl ihren Freundinnen verklickert hatte, die eng zusammen neben der Tanzfläche standen.

Eine Gruppe von Jungen näherte sich der Clique. Die Mädchen sahen die Jungen kommen, taten so, als lachten sie zu sehr, um sie bemerken.

Claire war froh, dass sie und Layne wieder Freundinnen waren, aber sie konnte einfach das Gefühl nicht abschütteln, dass sie etwas Besseres versäumte. Sie verdrängte den Gedanken und versuchte sich wieder auf Layne zu konzentrieren.

»War das Licht aus oder an?«, fragte sie.

»Aus, aber der Fernseher war an, also konnte ich alles sehen«, erklärte Layne.

Die Band spielte einen Remix von *We are Family* von Sister Sledge und Claire beobachtete, wie die Jungen all ihren Mut zusammennahmen, um Massie und ihre Freundinnen zu fragen, ob sie tanzen wollten. Claire hätte nicht sagen kön-

nen, ob die Mädchen sich darüber freuten oder es ihnen peinlich war, denn sie flüsterten die ganze Zeit miteinander.
»Warum fordert uns denn niemand zum Tanzen auf?«, fragte Claire Layne.
Layne drehte sich zu Claire und verbeugte sich tief. »Claire, möchtest du tanzen?«
»Das ist nicht unbedingt das, woran ich gedacht hatte, aber okay.«
Sie fingen an zu tanzen und fügten dabei jede Tanzbewegung ein, die sie je gesehen hatten. Pirouetten, Sprünge, Kick-Ball-Changes, einfach alles. Eine ganze Menge von Zuschauern versammelte sich um sie und klatschte begeistert bei ihrer Darbietung. Claire und Layne standen im Mittelpunkt der Aufmerksamkeit und konnten gar nicht genug davon bekommen. Sie drehten sich und wirbelten um die Wette.
Claire warf einen verstohlenen Blick zu Massie, die mit einem der Jungen tanzte. Sie sah gut dabei aus, bewegte sich fast beiläufig, aber im Rhythmus. Während des Refrains hob sie die Arme und es sah aus, als wolle sie mit den Fingern schnippen, doch sie tat es nie. Weder lächelte sie, noch sah sie den Jungen an, mit dem sie tanzte. Sie sah immer über ihn hinweg oder auf den Boden.
Claire hoffte, die Zuschauer fanden sie unterhaltsamer als Massie. Vielleicht würde einer der Jungen sich insgeheim fragen, wie es wäre, mit Claire Lyons zu gehen.
Als das Lied zu Ende war, verbeugten sich Claire und Layne vor ihrem Publikum. Der donnernde Applaus ließ sie ungeduldig auf das nächste Lied warten, doch die Band machte erst einmal Pause.
»Es ist besser, getanzt und doch verloren zu haben, als nie

getanzt zu haben«, sagte Layne in Abwandlung eines Zitats mit der Hand auf dem Herzen. Sie war völlig außer Atem.

»Wie wahr«, seufzte Claire. »Wie wahr.«

Kendra Block stieg die Stufen zur Bühne hinauf und sah dabei steifer aus als der Blechmann aus dem *Zauberer von Oz.* Ihre silbernen Schuhe von Chanel waren so hoch, dass sie ganz vorsichtig laufen musste, um nicht etwa über einen Kiesel zu stolpern.

»Ladys und Gentlemen, Freunde der OCD. Im Namen meiner Familie möchte ich Sie zur fünften jährlichen Wohltätigkeitsauktion willkommen heißen.« Sie machte eine Pause für den Applaus. »Wie immer werden wir Geld für den OCD-Stipendienfonds« [unerwarteter Applaus] »sammeln, und wenn Sie all die schönen Dinge sehen, die wir anzubieten haben, werden sie Ihre Brieftaschen schneller ziehen als ein Revolverheld seine Waffe.« Applaus. »Ich gebe nun das Mikrofon an Kevin Ambrose weiter, damit es gleich losgehen kann! Yeahhh!« Kendra streckte die Faust in die Luft und senkte den Kopf wie ein Rockstar.

»Oh mein Gott, ich an Massies Stelle würde jetzt am liebsten im Erdboden verschwinden«, sagte Claire.

»Schau sie dir an!« Layne deutete auf Massie, die ihr Gesicht in Alicias Schultern vergraben hatte. Wahrscheinlich betete sie darum, dass dieser Moment schnell vorbeiging. »Selbst supercoole Mädchen haben Eltern, die sie in Verlegenheit bringen.«

»Also gut, Leute, der erste Artikel, den ich anbiete, ist dieses elektronische Rückenmassagegerät in fünf Geschwindigkeitsstufen«, verkündete Kevin. »Ich beginne mit zehn Dollar.«

»Das wird eine lange Nacht.« Layne seufzte. »Was möchtest du denn jetzt machen?«
»Wir können nachher ja zu mir gehen und abhängen. Ich möchte nur noch sehen, für wie viel meine Sachen weggehen«, sagte Claire.
Layne seufzte und nahm einen Schluck von ihrem Virgin Cosmopolitan.
Nach 25 Minuten der Versteigerung von Haushaltgeräten, CDs und Computersoftware kam Kevin zu den Kleidungsstücken.
Claires Sweatshirts verkauften sich für 50 Cent pro Stück an Rose Goldberg, die sagte, sie wären wunderbar zum Polieren von Silber.
»Also, können wir jetzt gehen?«, bat Layne.
»Meine neuen Sachen sind als Nächstes dran, warte noch«, sagte Claire zu Layne, ohne sie anzusehen. Alles, worauf sie achten konnte, war ihr DKNY-Kleid, ihre Tasche und ihre Marc-Jacobs-Schuhe, die Kevin über sein Podium hängte.
»Die sind von dir?« Laynes Augen wurden groß.
Claire kratzte sich am Arm. »Alicia hat sie für mich an dem einen Tag gekauft, als wir Freundinnen waren.«
»Warum willst du sie denn loswerden?«
»Das Kleid war so eng, dass ich keine Luft bekam, und die Schuhe verursachten Blasen.«
»Ja?« Layne schüttelte verblüfft den Kopf.
»Und außerdem bekomme ich jetzt das zu sehen.« Claire deutete auf Alicia.
Die hatte die Arme vor der Brust verschränkt und biss mit den unteren Zähnen auf die Oberlippe, wodurch sie wie eine Bulldogge aussah.

»Oh, die ist aber sauer«, stellte Layne fest. »Was hast du vor?«
»Kommt darauf an.«
»Worauf?«, fragte Layne nach.
»Was sie macht.«
Alicia stürmte über die Tanzfläche und marschierte auf Claire zu. Dylan begleitete sie.
»Du hast kein Recht, diese Kleidung versteigern zu lassen.« Alicia kochte richtiggehend. »Sie gehört mir und ich will sie zurück.«
»Dann solltest du vielleicht lieber mitbieten«, erwiderte Claire.
Layne wäre ihrer Freundin ja zu Hilfe gekommen, aber sie hatte anscheinend die Sprache verloren. Claire wusste, dass Layne von ihrer trotzigen Reaktion überrascht war, und es gefiel ihr, schlagfertig und stark zu erscheinen.
»200 Dollar«, rief eine Stimme aus der Menge.
»350«, sagte eine andere.
Claire war stolz auf sich, eine Kleidung gewählt zu haben, die so hoch gehandelt wurde.
»425.«
»Höre ich 500?«, fragte Kevin.
»600 Dollar«, rief Claire.
»Höre ich 650?«, fragte Kevin.
Keiner meldete sich.
»Sechshundert zum Ersten, zum Zweiten und verkauft an die Dame in den Cowboystiefeln«, verkündete Kevin und schlug mit seinem Hammer auf das Pult.
Die einzigen Laute, die Claire hören konnte, während sie auf die Bühne ging, waren ihr Herzschlag und der weiche Tritt ihrer Lieblingscowboystiefel.

Sie reichte Kevin einen Umschlag voller Zwanzigdollarscheine und nahm ihre Sachen und ihre ICH-UNTERSTÜTZE-OCD-Anstecknadel entgegen.

Claire zwinkerte ihren Eltern zu. Sie waren sehr wütend gewesen, als sie herausgefunden hatten, dass sie sich die Kleidung von Alicia hatte kaufen lassen. Ihre Mutter hatte darauf bestanden, dass sie Alicia mit ihren Ersparnissen alles zurückzahlte. Doch nach einer langen Diskussion hatte Claire ihre Eltern dazu gebracht, stattdessen diesem Plan zuzustimmen. Auf diese Weise bekam Alicia die Kleidung zurück und das Geld ging an einen guten Zweck. Und alles war in Ordnung.

»Hier hast du deine geliebten Klamotten zurück.« Claire warf Alicia die Sachen zu, als sie an ihr vorbeilief. Sie wünschte, sie hätte stehen bleiben können, um Alicias Reaktion zu sehen, aber sie konnte einfach nicht anhalten. Ihr Adrenalinpegel ließ es nicht zu.

Als Claire wieder am Zelt angelangt war und merkte, dass sie nicht wusste, wo sie hinsollte, blieb sie schließlich stehen. Sie lehnte sich gegen die festen Leinenbahnen und hoffte, Layne würde sie retten, indem sie mit ihr die Veranstaltung verließ. Unmöglich konnte sie noch länger hier bleiben, nachdem sie Alicia in der Öffentlichkeit so gedemütigt hatte. Das käme gesellschaftlichem Selbstmord gleich.

Layne unterhielt sich jedoch mit einem süßen Kellnerlehrling und Claire tat ihr Bestes, telepathisch Hilferufe an sie zu schicken.

Komm schon, Layne. Gehen wir, Layne. LAYNE! Aber es funktionierte nicht.

Eine schrille Rückkoppelung im Mikrofon durchdrang die

Luft und alle blickten zur Bühne, als wären sie eben aus einem tiefen Schlaf aufgewacht.
»Tut mir Leid, Leute.« William Block kicherte ins Mikro. Er schwankte hin und her. Claire war klar, dass er betrunken sein musste. Sie warf Chris Abeley einen Blick zu. Ob er es ebenfalls bemerkt hatte? Natürlich. Er hielt sich die Hand vors Gesicht, anscheinend um sein Lachen zu verbergen. Da haben wir's ja wieder, schien er zu denken, und Claire war gespannt, was William als Nächstes tun würde.
»Ich möchte gern einen alten Kumpel von mir auf die Bühne bitten, damit er mir beim Ausrufen des nächsten Gebots helfen kann«, sagte William und setzte ein »Hicks« nach. »Darf ich vorstellen, Leute: Jay Lyons.« Claires Augen wurden groß und ihr Gesicht schoss nach vorne, als hätte ihr jemand überraschend einen Schlag auf den Rücken gegeben. Diesmal wagte sie es nicht, zu Chris hinüberzusehen.
»Hallo, alle zusammen«, grüßte ihr Vater. Claire hatte den Eindruck, dass er nicht viel nüchterner war als William.
»Also, ich erzähle euch, was wir jetzt machen.« William legte seinen Arm so langsam um Jay, dass es aussah wie in Zeitlupe.
»Alles, was wir brauchen, sind weitere tausend Dollar und die OCD hat ein neues Stipendium beisammen. Alsoooo werden Jay und ich *Neunundneunzig Flaschen Bier...* singen ...«
»Hattest du die heute Abend vielleicht schon?«, rief jemand. Alle lachten.
William ignorierte den Zwischenrufer und fuhr fort seinen Plan zu erklären.
»Wir werden dabei rückwärts zählen und nicht aufhören zu singen, bis wir das Geld zusammenhaben«, verkündete er.

Ein rhythmisches Klatschen begann. Wie blutrünstige Zuschauer bei einem Boxkampf wollte die Menge sehen, wie die beiden Männer sich zum Narren machten.
»Ich möchte meine Familie hier oben haben«, sagte Jay.
Zu jedermanns Vergnügen rannte Todd auf die Bühne und begann wie ein Verrückter herumzutanzen.
»Wo ist meine Tochter? Claire? Claire? Komm hoch zu uns!«
Claire hatte wieder den Geschmack von Pennys im Mund und befürchtete sich gleich übergeben zu müssen. Sie konnte nicht fassen, was ihr Vater da tat. Reichte es denn nicht, dass er sich selbst blamierte? War ihm denn nicht klar, dass sie schon genug Probleme hatte?
Als sie ihren Namen zum dritten Mal hörte, rannte sie aus dem Zelt und versteckte sich hinter einem Strauch Azaleen.
Als sie das Lied mit den neunundneunzig Flaschen zum ersten Mal gesungen hatten, begann Mr Block nach Massie zu rufen und hörte gar nicht mehr auf. »Wo ist mein Engel?«, rief er immer wieder ins Mikrofon. »Massie, komm hier rauf und hilf uns. Es ist doch deine Schule, Kleines. Es ist alles für dich!«
Claire blickte zu Massie hinüber, die allein am Rand des Zeltes stand und aussah, als fühle sie sich äußerst unwohl. In diesem Moment nahm Claire etwas an Massie wahr, was sie sowohl überraschte als auch verwirrte. Massie wirkte verlegen, verzweifelt und ängstlich. Ja, sie sah richtig menschlich aus.
Claire griff in ihre Tasche und zog Mr Riveras Handy heraus. Sie hatte eigentlich vorgehabt, es Alicia mit der Kleidung zurückzugeben, aber in der Hektik des Augenblicks hatte sie es vergessen.

CLAIRE: GEH IN DECKUNG. KOMM ZU DEN AZALEEN!

»Wo ist mein Baby?«, rief Mr Block erneut ins Mikrofon. Claire fragte sich das Gleiche. Sie versuchte durch den Busch zu spähen und Massie zu entdecken, doch alles, was sie sehen konnte, war der Rücken des Barkeepers, der neben Unmengen von schmutzigen Gläsern und leeren Flaschen stand. Sie schaute auf ihr Display, doch Massie hatte nicht geantwortet.

Sie versuchte es noch einmal.

CLAIRE: MACH SCHNELL!

Die Väter waren inzwischen bei sechsundneunzig angelangt und zeigten kein Anzeichen von Müdigkeit. Claire hätte ihnen liebend gern das Geld gegeben, dass sie noch brauchten, wenn sie es nicht bereits für ein Outfit ausgegeben hätte, das sie nicht behalten konnte.

»Rutsch rüber«, flüsterte Massie von irgendwo in der Dunkelheit. »Oh mein Gott, das ist ja brutal.« Sie war außer Atem, als sie sich neben Claire auf die Wiese fallen ließ.

»Ich weiß. Eltern sollte es verboten werden, in die Nähe von Alkohol zu kommen.« Claire verdrehte die Augen.

»Oder Mikrofonen.« Massie grinste.

Beide Mädchen lachten verlegen und verbrachten die nächsten paar Sekunden in fast unerträglichem Schweigen.

»Was möchtest du lieber«, sagte Claire. »Auf die Bühne gehen und mit unseren Vätern *Neunundneunzig Flaschen* singen oder dich die ganze Nacht hinter dem Busch verstecken und von Ameisen attackiert werden?«

»Ich denke, wir kennen beide die Antwort darauf«, erwiderte Massie. »Und hey, es gibt ja immer noch Hafergrütze, wenn unsere Bisse echt fies jucken.«

»Warte mal. Das warst du?«, fragte Claire.

Massie zuckte nur mit den Schultern.

Claire zog eine Plastiktüte mit Gummischlangen aus ihrer Tasche und hielt sie Massie geöffnet hin. »Möchtest du auch welche?«

»Ja, unbedingt.« Massie nahm einen Kaugummi aus ihrem Mund, wickelte ihn in ein Blatt und vergrub ihn unter dem Busch. Claire sah, wie sie in der Tüte an den grünen Gummischlangen vorbei nach den roten fischte.

»Ich dachte, du magst keine Fruchtgummis«, sagte Claire. Sie wollte nicht streiten, sondern war ehrlich neugierig, was diesen Meinungsumschwung ausgelöst hatte. »Hast du heute das Abendessen ausfallen lassen, oder was?«

»Nein, ich liebe Fruchtgummis«, gestand Massie. »Ich hasse es nur, was sie mit meinen Hüften machen. Verstehst du, du hast Glück, dass du dieses Problem nicht kennst. Du bist dünn.«

Claire sah auf Massies Armband mit den Glücksbringern, als es gegen die Tüte schlug.

»Ich kann gar nicht glauben, dass du tatsächlich den Anhänger trägst, den meine Eltern für dich gekauft haben.« Claire schüttelte den Kopf.

»Nein? Na ja, er ist doch eigentlich recht niedlich«, meinte Massie.

»Wirklich? Ich dachte, du würdest ihn hassen«, gestand Claire. »Ich habe meinen Eltern gesagt, sie sollten lieber eine goldene Krone oder den Buchstaben M nehmen, aber sie bestanden auf dem Mikrofon, weil sie meinten, du hättest immer sehr gerne gesungen.«

»Ehrlich gesagt, stimmt das auch.« Massie schenkte Claire ein winziges, aufrichtiges Lächeln. »Ich hatte sogar mal eine Phase, wo ich total auf Musicals abgefahren bin. Da habe ich mich im Ruheraum der Sauna eingeschlossen und Lieder aus *Annie* und *Pippin* gesungen.«

»Im Ernst?«

»Wenn du es irgendjemandem erzählst, mach ich dir das Leben zur Hölle«, drohte Massie, aber man merkte, dass es im Spaß war. Zumindest halbwegs. Die zwei Mädchen verbrachten die nächsten beiden Stunden hinter dem Azaleenbusch versteckt und unterhielten sich über Fernsehshows, Promis, Lieblingswebsites und abscheuliche Gerüche.

Sie hörten nicht einmal das Johlen ihrer Väter, als diese bei einundachtzig das Geld zusammenhatten. Sie klinkten sich erst wieder in die Party ein, als schon alles vorbei war und die Band sich verabschiedete.

»Tja, ich denke, jetzt können wir gefahrlos unser Versteck verlassen«, meinte Claire. Sie hatte gar nicht gemerkt, wie sie fröstelte, bis sie sich nun erhob.

Massie und Claire standen einander gegenüber. Obwohl sie sich gerade stundenlang unterhalten hatten, waren sie beide auf einmal sprachlos. Claire fragte sich, ob es wohl so ähnlich war, wenn nach einem Date der furchtbare Moment kam, in dem man sich verlegen fragte: »Küsst er mich jetzt noch zum Abschied oder nicht?« Wenn ja, wollte sie das lieber nie erleben.

»Tja«, sagte Massie und schob ihr Glückskettchen den Arm rauf und runter. »Danke, dass du mich heute Abend gerettet hast.« Sie blickte auf ihre spitzen Schuhe und massierte mit einer Hand ihre Schläfe. Ihr besorgter Gesichtsausdruck erinnerte Claire an eine Schauspielerin, die verzweifelt ver-

sucht, sich an ihren Einsatz zu erinnern. »Hat mir Spaß gemacht.«
Hat mir Spaß gemacht.
Hat mir Spaß gemacht.
Hat mir Spaß gemacht.
Diese Worte spulten sich später immer und immer wieder in Claires Kopf ab, während sie sich bettfertig machte. Als sie schließlich unter der warmen Decke lag, griff sie nach ihrer Kamera und scrollte durch ihre Fotos. Sie raste an den Aufnahmen von OCD, Layne, teuren Preisschildern und Promi-Häusern vorbei, bis sie die Aufnahme fand, nach der sie gesucht hatte. Diejenige, die sie von sich nach der Übernachtungsparty bei Massie gemacht hatte, das Foto, das sie »Ganz unten« betitelt hatte.
Damals hatte sie sich selbst etwas geschworen. Und wenn sie auf das Foto mit ihren traurigen Augen schaute, dann half ihr das auch, diesem Vorsatz treu zu bleiben. Das Foto sollte sie daran erinnern, niemals, unter keinen Umständen zu glauben, dass sie und Massie echte Freundinnen werden konnten.
Trotzdem hatte Claire diesmal das Gefühl, dass die Dinge sich geändert hatten.
Aber natürlich würde sie das erst am Montag genau wissen.

BEI DEN BLOCKS
MASSIES ZIMMER

1 Uhr 07
4. Oktober

Nach einer 25 Minuten dauernden heißen Dusche trocknete Massie sich ab und schlüpfte in ihren purpurfarbenen Seidenpyjama. Ihr Körper schmerzte vom stundenlangen Sitzen im Schneidersitz und innerlich war ihr immer noch kalt, auch wenn ihre Haut vom heißen Wasser gerötet war. Sie setzte sich auf ihr Bett und kraulte Bean hinter den Ohren.
»Tja, Bean«, meinte sie. »Bleibt nur noch eines zu tun.«

Lagebericht

In	**Out**
Mütter	Väter
Süßer Junge beim Tanzen	Chris Abeley
Claire	Claire

Massie wendete 20 Minuten mehr für ihren Bericht auf, als sie vorgehabt hatte, weil sie nicht wusste, wo sie Claire hinschreiben sollte. Sie war nicht mehr richtig »out«, aber sie war auch ganz bestimmt nicht »in«. Als Massie daran dachte, wie sie hinter den Büschen zusammen gelacht hatten, setzte sie Claire in die »In«-Spalte. Aber wenn sie sich daran erinnerte, wie nervend es war, ständig ein Anhängsel zu haben, setzte Massie sie auf »Out«. Schließlich, als sie nicht mehr länger wach bleiben konnte, fiel ihr ein geeigneter Plan ein. Sie würde eine »AW«-Spalte für Situationen wie diese anfangen, wo sie einfach ABWARTEN musste. So konnte sie sich Zeit lassen und in Ruhe entscheiden.

Verwendete Abkürzungen:

BTW – by the way:	Übrigens
CU – see you:	Wir sehen uns – die am häufigsten verwendete Verabschiedung
G2G – got to go:	Muss los, muss Schluss machen, muss weg
HAS SIGNED OFF:	Hat sich abgemeldet
IM – Instant Message:	Kurze Nachricht zwischen verschiedenen Internetnutzern, die gerade online sind. Sie werden im Gegensatz zu E-Mails in Echtzeit zugestellt.
OMG – oh my god:	Oh mein Gott
U2 – you too:	Du auch
WE – weekend:	Wochenende
X2, X3:	Zweifach, dreifach
&U – and you:	Und du

Lisi Harrison

Die Glamour Clique
Die Partyqueen

Um weiterhin die Königin der Schule zu bleiben, will Massie eine coole Party veranstalten, natürlich mit Jungs. Sie weiß nicht, was sie dabei mehr annervt: dass ihre Eltern sie zwingen, den ganzen Jahrgang einzuladen, oder dass sie die Party zusammen mit dem Mauerblümchen Claire feiern muss. Ob das eine neue Chance für Claire ist, sich einen Platz in der Clique zu erobern?

Arena

240 Seiten
Arena-Taschenbuch
ISBN 978-3-401-50427-8
www.arena-verlag.de

Lisi Harrison

Die Glamour Clique
Wer ist die Schönste?

Massie erhält eine Einladung von Rupert Mann, einem Hollywood-Regisseur, für seinen neuen Teenie-Blockbuster „L wie Loser“ vorzusprechen. Sofort packt sie Kleider und Freundinnen und reist im Privatjet des Regisseurs Richtung Hollywood. Doch da läuft alles ganz anders, als Massie sich das vorgestellt hat: Alle am Set behandeln Claire, als wäre sie der große Star. „W wie Was zum ...?!“ ist hier los?

Arena

296 Seiten
Arena-Taschenbuch
ISBN 978-3-401-50431-5
www.arena-verlag.de

Lisi Harrison

Die Glamour Clique
Es ist so schön, ein Biest zu sein!

An der OCD ist die Jagd eröffnet: Mysteriöse CDs kursieren, in denen es nur um eins geht: um den Schlüssel zu einem ultrageheimen Clubraum. Wer ihn besitzt, kann die coolsten Partys der ganzen Stadt steigen lassen. Klar, dass Massie und ihre Freundinnen alles daran setzen, dem Rätsel als Erste auf die Spur zu kommen. Denn hier geht es um mehr als um Leben oder Tod: Es geht um IN oder OUT.

ISBN 978-3-401-50432-2

Lisi Harrison

Die Glamour Clique
Die Flirtprinzessin

Kristen ist total genervt, denn als Einzige aus dem fabelhaften Schönheitskomitee muss sie die Sommerferien zu Hause verbringen. Noch schlimmer: Ihre Nachhilfeschülerin Ripple ist der totale Quälgeist. Doch als Ripples Bruder auftaucht, herrscht sofort Verliebtheitsstufe Rot! Aber wie erobert man den coolsten Jungen der Schule, wenn man ein superhippes Alpha-Girl als Konkurrentin hat?

Lisi Harrison

Die Glamour Clique
Die Poolparty

Wer hätte das jemals für möglich gehalten? Das Schönheitskomitee hat Massie auf die OUT-Liste verbannt und feiert seine Partys ohne sie. Alicia ist endlich Alpha – doch schnell stellt sie fest, dass es gar nicht so einfach ist, eine Clique anzuführen und dabei auch noch entspannt und topgestylt zu sein. Ist sie wirklich zum Alpha geboren oder führt sie das Schönheitskomitee ins Abseits?

Arena
320 Seiten
Klappenbroschur
ISBN 978-3-401-06512-0
www.arena-verlag.de

Lisi Harrison

Die Glamour Clique
Das perfekte Date

Aufstieg ist das neue Motto des Schönheitskomitees. Dazu gehören neue Freunde aus der Highschool, denn die Jungs aus der Achten sind einfach viel zu kindisch. Eine super stylische Party in Massies Wellnessoase ist bestimmt ideal, um die älteren Traumboys zu beeindrucken. Die Glamour Clique setzt alles daran, das erste Date so perfekt wie möglich zu machen.

Arena

288 Seiten
Klappenbroschur
ISBN 978-3-401-06595-3
www.arena-verlag.de

Lisi Harrison

Die Glamour Clique
Glamour Forever

Nachdem sie nicht länger Mitglied des Schönheitskomitees ist, lässt sich Claire nicht mehr von Massie herumschubsen. Ganz im Gegenteil: Sie schwört Rache! Kein Mittel ist ihr zu fies, um Massies IN-Liste zu torpedieren. Damit ist der Glamour-Krieg eröffnet. Doch dann steht Massie plötzlich vor Claires Tür und die Feindinnen sollen doch tatsächlich unter einem Dach zusammenwohnen. Ob das gut geht?

Arena
256 Seiten
Klappenbroschur
ISBN 978-3-401-06649-3
www.arena-verlag.de